この宮廷付与術師、規格外につき

～人類唯一のスキル「言霊使い」で、俺は世界に命令する～ 2

日之影ソラ

ぶんか社

C O N T E N T S

1．魔導兵器にも心がある

レナと一夜を過ごした翌日。宿屋の一階にある食堂で、みんなと朝食を摂っている時だった。不意にむくれながらアレクシアが口を開く。

「ねぇエイト君」

「な、何？」

「じー……」

「だ、だから何？」

「……レナとエッチなことしたでしょ？」

まさかの直球。昨夜にレナがそういうことをするニュアンスの話をしていたから、今さら言及されるとは思わなかった。アレクシアはまさか本当にそういうことをするって思わなかったのか。

「い、いや〜、その……」

「絶対した。その顔は絶対にしてる！」

「したわよ」

「うっ、レナ!?」

「うぅぅぅやっぱりぃ……今夜はボクと一緒の部屋だよ！　絶対だからね！」

「その時はまたコイントスで決めましょう」

二人の女の子が火花を散らす。どちらからの好意も嬉しくて、ついつい甘んじてしまう。

「モテる男は辛いね」

「他人事みたいに言わないでくださいよ」

「自分で言うんですか……」

「緊張感の欠片もねぇな」

「良いじゃないですか。いつも通りですよ」

フレミアさんの言う通りではある。これが勇者パーティーのいつも通りだと知ったら、王都の人たちはどう思うだろうな。

「さてさて、可愛らしいじゃれ合いはそこまでにして。そろそろ調査に移ろうか」

「そうね」

「べ、別にボクはじゃれてなんかないよ」

「そう？　私はアレクシアのことも好きよ」

「うぅ……またそういうこと言う」

言い合いでアレクシアはレナに敵わないらしい。気を取り直して、俺たちは街を散策した。

ここに魔王軍の幹部がいる。その噂が真実なのか、まずは確かめなくてはならない。と、意気込んで散策したのだが、結論はすぐに出た。

「う、嘘だよね？」

「……馬鹿なの？」

「いや～、ここまであからさまだといっそ清々しいね」

「ユーレアスと気が合いそうだな」

「そうですね」

「え？　みんなの中で僕ってどういう認識なの？」

明らかに街の景色と混ざり合わない建物群。誰がどう見ても、そこが魔王軍幹部の屋敷だとわかる。だって、看板にでかでかと書いてあるし。

「魔王軍幹部インディクスの屋敷……ここまでわかりやすいと罠なんじゃないかって思いますね」

「普通の街の屋敷を罠にはしないさ。偏にこれも趣味なんだろうね」

「趣味……」

他の建物に隠れて屋敷も一部だけ見えている。金色とか銀色とか、赤青黄色も混ざっていて、とにかく派手だ。

尖り帽子みたいな屋根、壁にも装飾が施されている。窓の形も、三角、四角、丸、星の形とバラバラ。見ているだけで目が疲れるような色合い。ハッキリ言うけど、俺ならこんな屋敷に住みたいとは思わない。住人と知り合いとも思われたくないな。

「どうする？　このまま突っ込むの？」

「準備ならできてるわよ」

「それはやめておこう。一応、本人を確認するまでは手を出さない」

「そうだな。オレたちは虐殺に来たわけじゃない」

アスランさんの言ったことに俺も頷く。続けてフレミアさんが言う。

「街の方が話していましたが、インディクスは定期的に街をパレードのように回るそうですね。今日がその日と言っていましたよ」

「パレードか。ならちょうど良い。今夜、本人の姿を確認しよう」

こんな屋敷に住む悪魔、魔王軍幹部インディクス……一体どんな奴なんだろう。

今までとは違う方向で興味が湧いていた。

「全員で見に行くのはやめておこう。相手は魔王軍の幹部。それも優れた魔導師だと聞く。こちらの偽装も見破られる可能性があるからね」

「じゃあ誰が行く？」

「もちろん僕だよ。僕の魔法なら、いざという時の逃走に役立つ」

ユーレアスさんがそう提案すると、アスランさんがじっと彼を見ながら言う。

「お前一人だと不安だな」

「酷い！」

「悪いエイト、こいつに同行してもらえるか？」

「俺ですか？」

「ああ。お前の能力なら、いざって時にこいつを無理やり引き戻せるだろ？」

引き戻せるって……アスランさんはユーレアスさんが何をすると思っているんだ？

「頼むぜ。こいつは女と魔法のことになると目的を忘れるからな」

「え、そうなんですか」

「そんなことないよ～。僕は責任ある立場だからね。公私の区別くらいできているさ」

と言うユーレアスさんを、俺以外の全員が冷めた目で見る。

「はっははは……どうやら微塵（みじん）も信用されていないようだね」

「当たり前だろ。お前から責任なんて言葉が出てくる方が意外だよ。というわけだからエイト、本当に頼むぞ」

「了解しました」

ふ、不安だな。

「そんなに心配なら、ユーレアスじゃなくて私が行きましょうか？　私の能力も逃走には役立つわよ？」

「お前は駄目だ」

レナにキッパリと言い切るアスランさん。むっとしたレナが聞き返す。

「どうして？」

「お前は目的そっちのけでイチャつきそうだから。同じ理由でアレクシア、お前も駄目だぞ」

「えぇ～」

「チッ」

「おいレナ、今舌打ちしただろ」

「したわよ」

「そこは否定しろよ……」

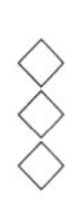

インディクスが街を回るのは夕方。日が沈みかけ、街に明かりが灯り始める頃に、あの派手な屋敷から現れる。

もちろん、乗り物も一目でわかるくらい派手だ。

「インディクス様ー！」

煌びやかな乗り物に腰掛ける青い髪の男性。

見た目や体格は人間と変わらない。黒い眼鏡もかけていて、角と尻尾がなければ王都でも紛れて生活できるだろう。一番意外だったのは……。

「服装は普通なんだね」

「ですね」

もっと金ぴかの鎧とか、じゃらじゃらとアクセサリーだらけな服を予想していた。

黒い襟付きの地味な服装だとは思わなかったな。

それにこの人気。街の悪魔たちが憧れの視線を向けている。子供の悪魔が手を振ると、インディクスがニコリと笑い手を振り返す。

「本当にあれが幹部なのか」

「間違いないよ。魔王軍幹部インディクス、悪魔領最高の魔導師さ」

「だとしたらわからない奴ですね」

「そうかい？　僕からすれば、魔導師ほどわかりやすい奴はいないんだけどな～。しかし面白いねあの魔導車」

ユーレアスさんはインディクスが乗っている乗り物に注目する。

「あれだけ大きな物を動かすなら、必要な魔力出力もかなりのものになりそうだけど、見たところ僕の予想の半分以下の出力で動いている。周りの悪魔たちを避けながら進む操作性に、歓声でわかりづらいけど駆動音も小さい。相当な技術力が詰め込まれているね」

「そう……なんですか？　俺にはさっぱり」

なんだか凄そうな乗り物だな、くらいにしか見えない。魔導車は、その名の通り魔法の力で動く乗り物のことだが、実際に見るのは初めてだ。

王都にも似たような物はあったけど、実用化にはまだ遠くて、長い距離は走れないし、大きくて街中は走れない。対してインディクスが乗っている物は、普通の馬車より少し大きい程度だ。

「あれだけじゃない。この街にある魔導設備の数々は、全て彼がデザインしたものだろう。噂通り、相当優れた魔導師だ」

「ユーレアスさんよりもですか？」

「ああ。魔法戦はわからないけど、魔導具に関しては確実にあちらが上だね」

そこまでハッキリと言える程なのか。俺は改めてインディクスに視線を向ける。すると、今さらながら彼の後ろに誰か乗っていることに気づく。

「ユーレアスさん、後ろに誰か乗ってますよ」

「ん？　あー本当だ」

「女性みたいですけど」

ローブとフードで全身を隠している。フードの中に見える顔と水色の髪だけで、綺麗な女性だとはわかる。

「生まれたての赤ん坊のように白くやわらかな肌に、澄んだ大空のような水色の髪……間違いない。あれは絶対に美人だ。それもとびきりの美人だね！　インディクスの部下かな？　だとしたら羨ましぃな～」

　さっきまで魔導車を見ていた顔は、子供みたいにワクワクしている感じだったけど……。

今はニヤけている。

「はぁ……ユーレアスさんはどっちの方が好きなんですか？」

「ん？　何が？」

「魔法と女の人ですよ」

「どちらも大好きさ！　逆にそれ以外のことはー……正直どっちでも良かったりする！」

「えぇ……」

「言っただろう？　魔導師はわかりやすい生き物なんだ。たぶん、彼も同じなんじゃないかな？」

　そう言って視線をインディクスに戻す。すると一瞬だけ、二人の視線が合ったように見えた。

「ただいま～」
「お待たせしました」
　宿屋に戻ると、なぜか俺の部屋に全員が集まっていた。
　アレクシアとレナが一番に振り向く。

「お帰りエイト君！」

「遅いわよエイト。待ちくたびれたわ」

「ごめん。凄い人混みで、抜け出すのに時間がかかったんだ」

実際はユーレアスさんが、もう少し近くで魔導車を見たいとか、あの女性の顔をもっと細かく見るまでは帰れないとか、色々駄々（だだ）をこねた結果なんだけど。

「ちょっと〜、僕にもお帰りなさいを言ってほしいな〜」

「あ、うん。お帰りなさい」

「どうせエイトに迷惑かけたんでしょ？　エイトの顔に書いてあるわ」

「えぇー酷いな〜」

「実際どうだったんだ？　エイト」

アスランさんに尋ねられ、俺は頭に手を当てながら言う。

「まぁ……それなりに。アスランさんの予想通りです」

引っ張り戻す時に言霊（ことだま）も使ったしね。

「はぁ……やっぱりか」

「エイトさんが一緒で良かったですね。魔法でしたか？　それとも女性？」

「どっちもでした」

「ふふっ。ユーレアスさん、少しは反省してください」

「ぅ……すみません？」

フレミアさんの目が怖い。もしかして、俺がいない時はアスランさんとフレミアさんの二人で対応していたのか。だとしたら心労も溜まっているだろう。

アスランさんが大きくため息をついた後、真剣な表情をして俺に尋ねる。

「で、敵の大将は確認できたんだな？」

「はい。見た目は人間寄りでした。街の悪魔たちからも信頼されているようです」

「こっちに気づいてる様子は？」

「どうだろうね？　何度か目が合った気もする。気のせいかもしれないけど」

「今までの幹部とは何かが違う気はしました」

危険な雰囲気は感じられなかった。

それが逆に危険だとも解釈できるけど、街の悪魔たちの様子を見ていると、少なくとも彼が極悪非道の大悪魔には見えない。

善人の皮を被っているだけで、裏では非道なこともしているかもしれないが、それは確かめないとわからないだろう。

「とりあえず、インディクスの拠点はあの屋敷で間違いないね。出入りは確認したよ」

「なら今夜にでも乗りこむか？」

「う～ん、それしかないかな？　ただ、彼の他に仲間がいる可能性もあるし、もし僕たちに気づいているなら、何かしらの対策は用意しているだろうね。乗りこむなら覚悟した方が良い」

「そうですね。最低限の準備はするとして――」

トントントン。扉をノックする音が聞こえる。

「夜分（やぶん）遅くにすみません。お客様にお手紙が届いております」

「手紙？」

「エイト君」

「はい」

聞き覚えのない女性の声に、俺とユーレアスさんは顔を見合わせ頷く。ドア越しに尋ねる。

「誰からですか？」

「はい。インディクス様からです」

その名を聞いた途端、全員の背筋が伸びる。俺とユーレアスさんは、やっぱりか、と思った。

この悪魔の街で俺たちに手紙を送る相手なんて、タイミング的にも奴しかいない。やはり俺たちの存在に気づいていたようだ。アレクシアが俺に聞く。

「ど、どうするの？」

「……受け取るしかないと思う。ここで受け取らなかったら不自然だ」

「僕もエイト君に賛成だよ。みんな、いつでも戦える準備だけしておいてくれ。僕が受け取るよ」

「気を付けろよ、ユーレアス」

アスランさんの忠告にユーレアスさんが頷く。そのまま扉に近づき、ゆっくりと開ける。

「お待たせしました」

扉の前に立っていたのは受付にいた女性悪魔だった。敵意は感じられない。

警戒は解かないが、この場で戦闘になる感じではなさそうだ。

「手紙というのは？」

「はい。こちらになります」

一通の封筒を取り出す。

「インディクス様から、皆様の前で読み上げるように言われておりますので」

そう言って受付の女性悪魔は封筒の中身を取り出そうとする。

封を開けた時点で、ユーレアスさんが何かに気づき、彼女の手を止めようとする。

「お姉さん、わざわざそこまでしてくださらなくても構いませんよ」

「いえいえ、これもインディクス様からの要望ですので」

「そうですか」

ユーレアスさんが振り向く。

真剣な表情で声には出さず、口だけを動かす。

みんな、僕の近くへ。そう言っているのがわかって、俺たちは彼の近くへ集まった。

「では読み上げますね」

そう言って彼女が封筒から紙を取り出す。

取り出した紙の裏側には、魔法陣が描かれていた。魔法陣が光る。

「え？」

「転移の魔法陣だ！　みんな僕から離れないでね！」

魔法陣が発動したと同時に、ユーレアスさんが魔力障壁を展開する。

さらにフレミアさんも光の結界を展開。二重の障壁で囲い、いかなる攻撃にも対応できるよう備える。が、転移した先は何もない……ただの広いだけの空間だった。

白く四角いタイルのような物で構成された床。天井や壁も同様で、広さだけならギガントも入れるだけはある。

「ようこそ、勇者諸君」

聞き覚えのない声が響く。

「初めまして？　私はインディクス。以後お見知りおきを」

「インディクス！」

アレクシアが聖剣を抜く。対してインディクスは冷静に、手を前に出して言う。

「そんな物を出しても無駄だよ？　君たちの前にいる私は本体ではない。映し出されているただの映像だ」

「映像？」

確かによく見ると、彼の身体（からだ）が透けている。

足元には丸い水晶のような物が埋まっていて、そこから映像が出ているらしい。

「君たちがここにいるということは、無事に招待状は届いたようだね？　彼女には後でお礼を言っておこう」

「やっぱり罠だったんだね」

「罠？　人聞き悪いなぁ勇者君。いや私は悪魔だが、ここには罠なんて用意していないよ。君たちを招待したのは、私の実験に協力してほしいからだ」

「実験？」

「そう。私は魔導師だ。戦うことより造ることが大好きな魔導師なんだ。ここは屋敷の地下にある私の研究施設でね？　私が造り上げた魔導兵器の実験をするための部屋でもある。色々と造ってはいるが、試す相手がいなくて困っていたところに君たちのような逸材が来た。私はとても運が良い」

饒舌に語るインディクスを見て、レナが嫌そうな顔をする。

「なんだかこいつ、ユーレアスに似て腹が立つわね」

「えぇ？　なんで僕が罵られているのかな？」

「魔導師ユーレアス」

インディクスが名前を口にすると、ユーレアスさんと向かい合う。

「人類最高の魔導師という噂は本当かな？」

「う〜んどうだろう？　世界は広いからね。僕より優れた魔導師もいるかもしれない」

「ほう」

「ただ現状では、僕が一番だと思うけどね」

二人とも不敵に笑う。なんとなく思ったけど、この二人が似ているというのは俺も同感だ。

言動や見た目もそうだけど、雰囲気がとにかく近い。

「やはり君たちの中では一番君に興味があるなぁ。いや、正しくは君の魔法にだが」

「奇遇だね？　僕も君になんて興味はないけど、君の造った物には興味津々さ」

「そうか、ならばちょうど良いだろう？　私はここの最深部にいる。見事そこまでたどり着けたら君たちの勝ちだ。道中に私が造った魔導兵器を配置してある。ぜひとも善戦して、良いデータを残してくれたまえ」

話は以上だとインディクスが言う。そして指を鳴らす。

「では、スタートだ」

それぞれの足元が光る。手紙にもあった転移の魔法陣だ。罠はないという言葉は嘘だった。警戒はしていたはずなのに、会話で意識が逸れて対応が遅れる。

気が付けば俺は一人になっていた。周囲の風景は変わらない。

「みんなだけ転移したのか？」

「違うよ」

インディクスが答える。

「君たち全員が、それぞれのスタート地点に転移したんだ」

「スタート地点？　レースでもするつもりか」

「レースではないかな。言うなればダンジョンゲームだよ。この施設は、巨大な一つの魔導具でね？　ブロック状の部屋がいくつも連結している。部屋の配置は私の自由だ」

「魔導具？」

この部屋一つでも巨大と言えるのに、それが複数あるのか。

「見えるだろう？　私の後ろに扉がある。左右と後ろにもだ。部屋によっては上下を繋ぐ階段もあるよ」

「なるほど、だからダンジョンか」

「そう。あーでも安心してね？　ちゃんとどのスタート地点からでも最深部にはたどり着ける。もっとも、実験の途中で負ければ終わりだけどね？　死体はこっちで有効活用するから、その点も心配しなくて良い」

いらない気遣いだな。

「心配しなくてもちゃんとたどり着いてみせるさ」

「そうか。健闘を祈るよ。ところで君の付与は、魔導具に効くのかな？」

それだけ言い残し、インディクスの映像が消える。

代わりに魔法陣が地面に展開され、一体の魔導兵器が出現。形状は六本足の蜘蛛(くも)みたいだ。

「これが魔導兵器。もっとゴーレムみたいなのを予想してたんだけど」

光を反射する表面。おそらく鉄か何かの金属だろう。ガシャンガシャンという音を立てながら、猛スピードで俺に迫る。

俺は横に跳び避けて、周囲の壁や天井を見回す。

データが欲しいと言っていた。それにさっきの質問……魔導具相手に付与がどこまで通じるのか試させるつもりか。

おそらくどこからか見て、聞いているのだろう。

「魔導具に効くのか、だったか」

答えを今から見せよう。迫りくる魔導兵器に、俺は言い放つ。

「『潰れろ』」

魔導兵器はゲシャンと上から押し潰されたようにひしゃげる。

六つの足がへし曲がり、胴体から外れバラバラになった。

昔の俺……隠れスキルに気づく前までは、遠隔で付与できるのは味方の生物限定だった。

それに単純な強化くらいしかできなかったよ。だけど今は、生物だろうと魔導具だろうと関係ない。言葉は音で、音は空気の振動だ。その振動さえ伝わるなら、何にだって付与できるし、命令できる。

簡単な付与しかできなかったのも、俺がそうだと思い込んでいたから。

「生憎だけど、実験にならないかもしれないよ」

早く最深部へ到達して、このゲームを終わらせてやる。

屋敷内のとある部屋。

各ブロックの映像や音声は、インディクスのいる最深部で確認できる。エイトの予想通り戦闘の風景を見ていたインディクスは、小さく笑い感心する。

「へぇ～、やるね。いやこれくらいは当然か」

インディクスは、勇者パーティーは自身の領地までたどり着くことはできないと考えていた。

なぜなら廃都で待ち構えていた幹部の一人、死霊使いラバエルは臨世において無敵に等しい。

いくら勇者パーティーでも、ラバエルに勝つことは不可能だったはずだ。だが、彼らはラバエルを打ち破りここまでたどり着いた。

その要因は——

「付与術師エイト、私は君の力にも興味があるんだ。もっと見せてくれ」

「さて、どっちに進むか」

　六つ足の魔導兵器を倒した後、俺はどの扉へ進むか考えていた。

　見た目は同じで、方向が違う。インディクスの口ぶりからして、どの扉を選んでも同じ構造の部屋に繋がっているのだろう。新しい部屋へ進みさえすれば、おそらく最深部にもたどり着ける。

　考えるべきはどのルートが最短なのか。そして、最深部と言っていたが、そもそも上下左右のどの位置にあるのか。

「普通に考えたら下なんだけど……位置は動かせると言っていたし……。駄目だな、考えてもわからない」

　とにかく先へ進むしかない。他のみんなの無事も気になる。俺は一先ず、入って正面の扉を選び続けることにした。

　続く部屋に入ると、先ほどと同じく魔法陣が展開、魔導兵器が出現する。今度の相手は脚がなく、宙に浮いている球体型だった。

「結界か？　そんなもので守っても、俺の言霊は防げないぞ」

　空気の振動さえ届けば言霊は効く。同じように言霊で命じる。

「『潰れろ』」

　が、今回は無反応。

　魔導兵器は押し潰されることなく浮いている。そのまま体当たりを仕掛けてくる。

「何っ⁉」

　言霊が通じない？

あの結界、どういう効果だ？

見た目はただの結界。しかし言霊は通らない。

体当たりを躱(かわ)し、俺は黒い箱の魔導具を取り出す。

「開門」

箱から射出される剣。言霊が通じないなら、物理的に破壊を試みる。魔導兵器の周囲を二十本の剣が飛び交い、四方から突き刺す。剣がガキンという音を立て弾かれてしまう。

「硬い……そうか。あの結界は空気も通していないのか」

空気が通らなければ振動も本体へは伝わらない。だから言霊も通じなかった。

「そういうことなら――」

言霊の対象を本体ではなく、結界そのものに変えればいい。

さっきは本体に対してだったから効果はなかったけど、今度は結界に対して命じる。

「『砕けろ』」

結界がガラスのように砕け散る。その隙をついて、弾かれた剣を再び浮かせて、本体を突き刺す。

「本体の装甲は薄いんだな」

どうやら結界特化の魔導兵器だったようだ。

その次、さらに次の部屋へ進んでいくと、ドラゴンのような形をした魔導兵器、攻撃するたびに分裂する魔導兵器……と、効果も形状も違う魔導兵器の数々と交戦した。

よくこれだけの種類を造れるものだと、敵ながら感心していた頃だ。部屋にはすでに、自分以外の誰かがいた。

「インディクス……じゃない。ユーレアスさん？」

「おや？　その声はエイト君じゃないか」

部屋の中央に立っていたのはユーレアスさんだった。

「良かった。無事だったん……ってボロボロじゃないですか！」

「ああ、大丈夫。これくらいなら平気だよ」

「平気って、頭から血が出てますよ」

「ん？　あ、本当だ」

今さら気づいたのか、額の血を拭う。

「合流できて良かったよ。僕らが合流できたということは、少なくとも各スタート地点は隔離されていない。もしかしたら、他のみんなも集まっているかもしれないね」

「だといいですけど、ユーレアスさんもかなりの強敵と戦ったみたいですし、心配ですね」

ユーレアスさんは言動や性格こそあれだけど、実力は誰もが認めている。

その彼がボロボロになる相手だ。俺は運が良かっただけで、他のみんなも苦戦しているかも。

「あーこれは苦戦とかじゃないよ？」

「え？」

「魔導兵器なんて見る機会はそうそうないからね。近くで観察したくて、ギリギリまで近づいたら吹き飛ばされたり、挙句真っ二つにされそうになったよ。あはははは」

「わ、笑いごとじゃないでしょ」

なるほど。ダメな性格が影響してボロボロになったのか。

「ここは僕にとって宝の山だ。興味をそそる物しかない。次に何があるのか楽しみで仕方がないよ」

「本当に楽しそうですね……」

ちょっと待ってくれ。もしかして、俺がユーレアスさんを止めないと駄目なのか？　無茶して死なないように？

「……勘弁してよ」

「どうかした？」

「どうもしないでくださいね」

「え？」

ユーレアスさんと合流できたことは幸運だけど、不運でもある。

早く他のみんなとも合流したいと思った。

エイトとユーレアスが合流した頃。他の仲間たちもそれぞれ合流し、ペアになっていた。

「無事で良かったわ。アレクシア」

「うん！　レナと合流できて良かった！　ずっと一人で心細かったよ」

「ええ。でも――」

「うん」

二人は声を揃えて言う。

「エイト（君）が良かった」

同じことを考え、口にした二人は顔を見合わせ笑う。

どうせ合流するなら好きな人と。緊張感のなさは否めないが、二人ともそう思っていたし、互いに同じだと気づいていた。

「エイト君も誰かと合流できてるかな？」

「私たちができたんだもの。きっとユーレアス辺りのお守りでもしてるわ」

「わぁ～、それは……大変そうだね」

「容易に想像できるわね」

この時エイトがくしゃみをしたのは言うまでもない。二人ともエイトのことが心配だが、彼なら大丈夫だとも思っている。

助けられた者として、彼の頼もしさを知っている。そして、同じ人を好きになった。

「まっ！　でもレナと二人じゃなくて良かった」

「あら、どうして？」

「だってエイト君とレナが二人きりになったら、絶対エッチなことするもん」

「アレクシアもでしょ？」

「ボ、ボクはこんな場所でしないよ！」

「二人きり、ベッドの上なら？」

「それはもち……何言わせるのさ！」

顔を真っ赤にして照れるアレクシアを、レナは余裕の表情でからかう。

同じ人が好きな者同士、仲が悪くなることも多いだろう。この二人の場合は、元々仲が良かったことと、好きになった経緯が近いこともあって、前よりも仲が良くなったくらいだが。

「あーもう！　次に行こう次に！」

「そうね。二人なら楽に突破できそうだし、合流できて本当に良かったわ」

「苦戦してたの？」

「ええ。だってここ、地面がこれだから」

「あー、確かにそうだね」

レナの能力は周囲の地形を操る。ここはインディクスが造った巨大な魔導具の中だ。操れる地形はない。故に岩や土を生成して戦わなくてはならない。その分の魔力消費、生成にかかる時間もあって、レナは普段以上に戦い辛いだろう。

「アレクシアの方は大丈夫だったの？　たぶんだけど、面倒な相手を仕向けてきてるでしょ？」

「うーん確かに面倒だったな〜。遠くからビュンビュン攻撃してきたり、うねうね変な触手が襲ってきたりしたよ。でも全部斬ったから！」

「……そう。相手も災難だったわね」

相手の策や能力も、アレクシアは真っ向からねじ伏せていた。

彼女の持つ聖剣に理屈は通じない。聖剣を完全に封じることは魔王ですら叶わない。そのことをインディクスは映像越しに再認識していた。

だが、次の部屋で待ち構えるのは、二人にとっては天敵。否、天敵になりえる能力を持っている。

次の部屋に入った二人が立ち止まる。そこには二体の人形が立っていた。

人形を見たまま二人は固まる。鏡写しの人形魔導兵器。その能力は、相手の心の底にある苦手意識を具現化させること。もっと具体的に言えば、嫌いな相手や苦手な相手の姿を、この人形は投影する。つまり、今の二人には――

「アスタル……」

「お、お兄ちゃん？」

その人形は、別々の誰かに見えていた。

アレクシアの場合。投影されたのはかつて戦った幹部の一人、アスタルであった。

「な、なんでお前がここに！」

「さてね？　勇者ちゃんが俺のこと忘れられないからじゃないかな？」

「そ、そんなこと……」

「あるさ。現に俺はこうしてここにいる。忘れたくても忘れられないよね？　あれだけの快楽を一度に味わったんだ」

彼女にとって、アスタルという悪魔は天敵と呼べるだろう。

生まれて初めて完全な敗北を予感し、一度は諦めかけたのだから。もしもエイトが助けに来なければ、あのまま良いように弄ばれていただろう。

人形魔導兵器の効果は、姿や言動を投影するだけではない。その投影を見ている相手にのみ有効だが、投影した対象が持つ能力も再現できる。

アスタルの能力は魅了と幻影を見せること。聖剣を持つアレクシアに魅了は通じない。しかし、アスタルと不意に再会してしまったことで、彼女の精神は揺れていた。

「また教えてあげるよ。その身体に快楽を」

悪夢を強制する。あの時ほどではないにしろ、アレクシアは悪夢を見せられる。敗北し、惨めに犯される悪夢を。

「残念だけど、今のボクはこれくらいじゃ揺らがないよ」

「な、何？」

だが、彼女はもう――あの時とは違う。彼女は知っている。本物の想いも、心と身体が通じ合う喜びも。

「ボク、好きな人ができたんだ。大好きな人が……お前のお陰だよ！」

レナの場合。投影されたのは兄の姿だった。

嫌いな相手、苦手な相手が投影される人形。彼女の場合は少し特殊で、投影された兄は、ラバエルに利用されている時の彼である。厳密には兄ではない。

「レナ。また会えて嬉しいよ」

「……わかっているわ。これは幻影、お兄ちゃんはもういない」

「そんなことはない。レナ、君を迎えに来たんだ」

しかし、見た目も言動も兄と同じ。

ある意味では、レナの精神を最も揺さぶる相手ではある。

ただし――

「俺はここにいるよ」

「……違うわ。それはエイトの言葉よ。お兄ちゃんじゃない。ごめんねお兄ちゃん。今の私には、お兄ちゃんと同じくらい……ううん、もっと好きな人がいるの」

今の彼女は、優しい言葉に惑わされない。幻影でなければ、あるいは揺れていたかもしれない。いや、それでも選んだ答えは変わらなかっただろう。

「エイトじゃなくて良かったわ」

アレクシアが聖剣で斬り裂き、レナが岩の拳を生成して叩き壊す。今の二人には大切な人がいる。一緒にいたいと心から思える人がいて、心と身体が繋がっている。だからもう、屈することなどありえない。

◇◇◇

アレクシア、レナが己の過去と向き合い勝利を収める。

順調に進んでいく勇者パーティー一行。苦戦を強いられる相手と戦いながらも、各々が持つ長所を活かし勝利していく。彼らの戦闘力は常識で測れない部分が多い。

インディクスにとっての誤算は、彼らが計算できるような存在ではなかったことだろう。ただ、一人だけ予想通りの大苦戦を強いられている人物がいる。

「っ……」

六つ足魔導兵器を前に結界を展開し身を護るフレミア。彼女の力は、回復や浄化に特化している。アンデッドを相手にすれば無敵に等しい彼女も、無機物である魔導兵器には対抗する術がない。できるのはただ身を護ることだけ。魔導兵器は彼女にとっての天敵と言えるだろう。

「早く誰かと合流できれば……でも」

出入り口の扉は、そのブロック内にいる魔導兵器と連動している。

魔導兵器を倒さない限り、扉には鍵がかかっている状態だ。すでに扉が開かないことを確認している。

今の彼女は待っている。扉は他の部屋とも繋がっているのだから、四方の部屋に誰かが来れば、反対側から開けてくれるかもしれない。

他人任せで情けない考えと理解しつつ、それしかないと割り切り耐えていた。

そして、こういう時——

「フレミー！」

「あっくん」

一番初めに駆けつけてくれるのは、いつもアスランだった。彼は扉を突き破り、そのまま魔導兵器を魔槍(まそう)で穿つ。

「大丈夫だったか？　怪我(けが)は？」

「どこもしてないわ」

「そうか」

ホッとするアスラン。珍しく息を切らしている。

「走ってきてくれたの？」

「そりゃそうだろ。魔導兵器が相手の時点で、お前が一番不利なのはわかったからな。他の連中なら力押しもできるだろうけど、お前は相性的に最悪だ。合流するならお前が最優先に決まって……なんだよその顔」

話の途中でフレミアがむすっとしていることに気づく。

「不満でもあるのか？」

「別に～」

「ありそうな顔してるじゃねーか」

「別にないわよ。心配してくれたのは嬉しいけど、そんな理屈っぽい理由じゃなくて、もっとストレートに心配してほしかったとか思ってないから」

「な、なんだよそれ……ストレートって？」

「……もう、相変わらず鈍いんだから。お前のことが大切だからとか言えないの？」

「なっ、ば、馬鹿かお前」

照れて赤くなるアスランと、それを見てもまだ拗ねているフレミア。普段の彼らからは想像できない表情の変化を見せる。

実はこの二人、幼馴染である。幼い頃から一緒に過ごし、そして、勇者パーティーにも選ばれた二人。互いのことを誰よりも理解し、信頼し、案じている。

要するに相思相愛である。ちなみに、このことを知っているのはユーレアスだけだ。

この二人は彼が知っていることに気づいていない。

からかわれることがわかっているから、他の仲間たちの前では呼び方も意識している。二人きりの時は「あっくん」、「フレミー」と愛称で呼び合い、フレミアは口調も子供っぽく変わる。

「あーあ、アレクシアさんとレナさんが羨ましいわ。ハッキリ気持ちを伝えられて、ちゃんと受け取ってもらえて」

「お前……ここがどこだか忘れてないだろうな？　さっきまで苦戦してたろ」

「ふんっ、知らないわ。私もエイト君に助けられたら、彼のこと好きになっちゃうかもしれな――」

「冗談でもそういうこと言うなよ」

アスランがフレミアの手を引き、互いの顔を近づける。

真剣な表情のアスランに見つめられ、フレミアもドキッとする。

「ここに来るまで、どれだけ必死だったと思ってるんだ」

「……私のことが大切だから？」

「い、言わせるな。そういうの苦手だって知ってるだろ」

「ふふっ、知ってるわよ。だから言わせたいの」

「……そういうことは全部、魔王を倒してからだ」

「そうね。今はやめておきましょう。どこかで見られているかもしれないし」

納得したフレミアに、アスランが小さくため息をこぼす。

そっと手を離そうとするが、彼女は握ったまま離さない。

「フレミア」

「まだお礼を言ってなかったわね。駆けつけてくれてありがとう。あっくんなら来てくれるって信じていたわ」

「――どういたしまして」

アスラン、フレミアの合流。ひとしきりイチャついて、次の部屋に向かう。その光景を見ていたインディクスは……。

「……人間はどこでも構わず盛るのだな」

少々呆れていたという。

一方、各人も順調に最深部まで進行していた。

最初に合流を果たしたのは、アスランとフレミアの二人だった。続いてアレクシアとレナのペア。一番合流が遅かったのは、エイトとユーレアスのペアだ。しかし合流してからの勢いは三組の中でダントツ。

エイトの付与とユーレアスの魔法が合わされば、大抵の関門は突破も容易だったのだ。そして現在、最深部一歩手前まで到達していた。

「いや～順調順調！　もしかして僕らが一番乗りできるんじゃないかな？」
「……」
「おや？　どうしたんだいエイト君？　そんな疲れたみたいな顔をして」

「疲れてるんですよ」

「うーん？　そこまで疲れる相手だったかな？　僕らの力が合わされば、どんな魔導兵器も楽勝だっただろう？」

「……ええ、まぁ戦闘は楽でしたよ」

疲れた原因はそこじゃないですからね。この人……本気でわかってない顔をしている。

戦いの途中で急に考え事を始めたり、敵の攻撃を分析したいからってわざと受けようとしたり。

あまつさえ構造を知りたいから言霊で動きを止めておいてくれとか……戦闘そのものより、この人の我儘に付き合わされたお陰で、俺一人だけ倍の疲労を感じているよ。

「まぁいいじゃないか。おそらく次が……最後だ」

「なんでそう思うんです？」

「見てごらん。あの扉だけ色が違うよ」

「ああ……確かに」

目の前にある扉は、金ぴかの装飾が施されている。

これまでの扉はどれもシンプルで、周りの白い壁に溶け込む色をしていた。

「あの扉を見ていると、屋敷を思い出しますね」

「うん。インディクスは本当に派手好きなんだろうね。じゃあ最後も気を引き締めていこうか」

「ユーレアスさんは自重してくださいね」

「え、うん？」

この様子だと無理そうだ。俺は諦めてため息をこぼす。そのまま最後らしき扉に向かい、集中し直すように一呼吸置いてから、その扉を開けた。

また同じ部屋が広がっている。違いがあるとすれば、正面に今潜ってきた扉の倍は派手な扉があって、そこを守るように誰かが立っていること。

「あれはインディクスの後ろにいた？」

「綺麗な女性だね。まさか最後の番人は彼女なのかな？」

「その通りだよ」

部屋にインディクスの声が響く。

「ようこそ最終関門へ。やはり君たち二人が一番にたどり着いたか。予定通りで助かるよ」

「予定通り？　僕らが合流したことも、君の想定内だったってことかな？」

「もちろんだ。最初に言っただろう？　ブロックは私の好きなように配置を変えられる」

「なるほど。気づかない内に誘導されていたということか。だがわからないな？　それなら合流させない方が、君にとっては好都合だったはずだよ？　僕らを倒すなら、各個撃破の方がやりやすかっただろうに」

ブロックの配置を自在に変えられるのであれば、合流は簡単に防げただろう。

いったい何ブロックあるかは知らないが、合流を妨害し続け、魔導兵器と連戦させれば良かった。生身の俺たちは体力も無限じゃない。いずれ限界は来る。

しかし彼はそうしなかった。

「これも言ったはずだよ。私の目的はデータを取ることだ。今後の開発に、君たちとの戦闘データは大いに役立つ。倒すのは最終的にで構わない」

「あくまで君自身のためか」

「そうだ。そして今、君たちの前に立っているそれは、私の魔導兵器の中で最高傑作と呼ぶにふさわしい！」

「魔導兵器？　彼女が？」

ユーレアスさんが驚き目を見開く。

俺も同様に、目の前の女性へ視線を向けた。全身を灰色の布で隠しているが、顔は人間にしか見えない。ぱっと見のイメージでしかないのだけど、今までの魔導兵器と違うことは確かだ。

「彼女が魔導兵器だというのかい？　僕には生きた悪魔……いや人間に見えるけど？」

「それで間違いではない。彼女は生きている。私が生み出した新たな生命だ」

「生命？　君、魔導の力で生命を生み出したのか？」

「ああ、そうだ。素晴らしいだろう？」

「素晴らしい……本当に素晴らしいよ！」

ユーレアスさんが無邪気に笑う。高揚しているのが一目でわかるほど興味を向けている。たくさんの女性に囲まれた時よりも、これまでの魔導兵器を見た時よりも、数段上の喜びを感じているように思えた。

「魔導の力で新しい命を生み出す！　君は神の領域に踏み入ろうとしているんだね」

「ああ、そうだとも！　理解できるか魔導師ユーレアス！　ならば存分に堪能してくれたまえ！」

「いいとも望むところだ！　ぜひとも見せてくれ！　魔導の極致を！」

改めて思う。この二人は、よく似ている。

「エリザ、お前の力を示せ」

「了解しました。マスター」

インディクスの命令に反応した彼女は、そのマントを脱ぎ去った。

「なっ……」

「ほう」

思わず目を塞ぎそうになった。というより、目のやり場に困っている。

マントの下に隠された彼女の身体は、透き通るように白くて傷一つない。

「おやおや、さすがに頂けないな～。せっかく綺麗な女性なんだから、ちゃんと服は着せてあげようよ。これじゃ局部を隠しているだけじゃないか。僕は嬉しいけど」

本音が漏れてる。

「その必要はない。これが最善、服は邪魔になる」

「邪魔？　まさか……君の趣味なのか？　だとしたら変態じゃないか！」

「ユーレアスさんも嬉しいとか言ってましたよね」

「僕は良いんだよ」

「なんで？」

「残念ながら外れだ。理由は戦ってみればわかるよ」

「う～ん、今さらだけどやっぱり女性と戦うのは気が引けるな～。手加減してしまいそうだよ」

「安心したまえ。そんな余裕は――」

刹那。彼女が視界から消える。

「なくなるよ」

すでに彼女は、俺たちに手が届く距離へ接近していた。

反応できなかった。目の前に近づかれるまで、動いた素振りも見えなかった。速度だけなら、アスランさんに匹敵する。エリザが拳を握る。

『動くな』

咄嗟に言霊を発動。時間を稼ぎ、反撃に出ようとする。だが、彼女は止まらなかった。

「何⁉」

一瞬たりとも動きを止めることなく、握った拳を振るう。言霊が通じなかったことに対する動揺もあって、俺は対応が遅れる。

そこへユーレアスさんが俺に魔力障壁を展開。しかし、その魔力障壁ですら、彼女の拳は容易く砕き、そのまま俺の腹へ一撃を入れる。

「ぐほっ」

「エイト君！」

拳を食らい吐血し、後ろへ吹き飛ぶ。

壁にぶつかり倒れたところへ、畳みかけるように彼女は接近。

「っ——開門！」

俺は無数の剣を取り出し、彼女に向けて射出する。

彼女は左右に軽々と躱し、拳で刃を弾く。拳と剣がぶつかっているのに、金属同士がぶつかるような音が響く。

なんて皮膚の硬さだ。刃が通らない。硬化系の魔法を使っているのか？

いや、だとしても硬いだけで言霊は防げない。結界を展開しているわけでもないのに――

「ぐっ……」

さっきの攻撃であばらが何本か折れている。内臓も傷ついただろう。激痛に剣の制御が乱れ、その隙を突いてエリザが急接近してくる。

まずい――

「させないよ」

パチンと指を鳴らす音。その音を合図に、俺と散らばっていた剣の一本が入れ替わる。

エリザの打撃は剣を粉砕し、ユーレアスさんの方へ振り向く。

「魔力を帯びた物の位置を入れ替えただけさ。そう驚くことじゃないだろう？」

「あ、ありがとうございます。ユーレアスさん」

「気にしなくて良いよ。それより君はあまりしゃべらない方が良いね。さっきので内臓が傷ついただろう？」

「えぇ……でも、戦えます」

「駄目だよ」

有無を言わさず、エリザが俺に迫る。

「せっかちだな」

パチンと指を鳴らし、再び俺と剣の位置を入れ替える。

「フレミアさんがいないんだ。その傷は下手したら致命傷になる。ここは僕に任せたまえ。道中は迷惑をかけたからね」

自覚はあったんですね……。

ユーレアスさんがさらに指を鳴らす。しかし魔法は発動せず、エリザがユーレアスさんを標的にする。続けてもう一度指を鳴らし、今度はユーレアスさんと剣が位置を替える。

「ふむ、ならば試しに」

そう言ってユーレアスさんは背後に五つの魔法陣を展開。魔力エネルギーを圧縮し、ビームのように放つ。

「これはどうする？」

放たれた攻撃に対して、エリザは避けない。何もせず、立ったままで受け止める。否、当たった瞬間に霧散して、衝撃すら起こらない。

「なるほど、そういうことか。君の身体は魔力を通さないんだね」

「……」

エリザは答えない。代わりにインディクスが答える。

「正解だ！　察しの通り、エリザの皮膚は魔力を通さない。魔法による攻撃はもちろん、幻術や精神汚染も対策済みだ。魔力を用いて戦う者にとって、彼女の能力は天敵そのものだよ」

「そういう……だから服が邪魔だと言ったんだね。それにしても随分戦い慣れているね。実験台はいなかったんじゃないのかい？」

「いなかったとも。だがエリザには戦闘に必要な情報を全てインプットしてある。他にも色々と知識は詰め込んであるぞ」

「なんだって？　色々？　色々ってまさか……いかがわしいことも教えたんじゃないだろうね？」

気になるのそこなんですか？　もっと他に驚くことがあったと思うけど……。

「ん？　ああ、そういう知識も入れてはあるぞ。女性にしたのも、相手を油断させるためだからな。色仕掛けも有効なら使うさ。どんな方法を用いても相手を殺す。それがエリザだ」

「どんな方法も……か。女性として生み出したなら、それは可哀想だと思うけど」

「可哀想？　物に感情移入するなどありえない。エリザは魔導兵器だ」

「それでも女性だろう？」

「構造上はそうだな。子供も産める身体ではある」

「……そうか」

会話の途中でもエリザは続けて攻撃を仕掛ける。

ユーレアスさんは位置替えで対応し続けながら、彼女に問いかける。

「エリザ、君はそれでいいのかい？」

「……」

「戦うことになんの意味がある？　なんのために戦う？」

「ワタシはマスターの命令に従うだけです」

「悲しいな」

ユーレアスさんの位置替えに、エリザが適応しつつある。このまま続ければいずれ捉えられる。

「っ……」

「任せてくれと言ったはずだよ」

「で、でも！」

「大丈夫さ。女性の扱いには慣れているんだ」

女性の扱いって、相手は魔法すら効かない兵器だ。ユーレアスさんはエリザを女性扱いしている。

「インディクス！　僕と君は似ていると思っていたんだけどね。どうやら、ある一点に関しては真逆の考えを持っているらしい」

「ほう、何がだ？」

「女性のことさ。君は彼女を兵器だと言ったけど、僕には美しい女性にしか見えない。僕は魔法が大好きだけど、女性も同じくらい大好きなんだ」

「ふっ、面白いことを言うな。ならば戦えないとでも？」

「そうだね。僕は美しい女性とは戦いたくない。だから見せてあげるよ。モテる男が、どう女性を相手にするのか」

エリザの皮膚は魔力を通さない。言葉に魔力を込めたものが言霊、だから彼女には届かない。魔力を帯びた振動は、彼女の皮膚に阻まれる。

インディクスの口ぶりからして、視覚や聴覚からの刺激も通していないようだ。どういう仕組みか定かではないが、こちらの声は聞こえているらしい。

ここまでにわかったことを整理する。つまり彼女は、俺やユーレアスさんにとっての天敵である。

「女性の扱い方か。ぜひともご教授願いたいね。そんなものでエリザが倒せるのなら」

「倒すんじゃないよ。戦うのをやめてもらうだけだ」

「そんなことは不可能だ」

「いいや可能だよ。それを見せてあげる」

「ふっ、防戦一方でよくもそう強気な発言ができるものだな」

「当然さ。僕は男だからね？　弱い姿を、女性の前で見せるものか。男は格好つけてこそだよ」

そう言いながらも、ユーレアスさんはジリジリと差を詰められている。

位置替えに適応しているエリザが、タイミングを合わせる。

「美しい女性に迫られるなんて光栄だね。逃げ回るのは失礼か。なら今度は――」

ユーレアスさんの位置替えは、魔力を帯びている対象に有効だ。そして、対象は一つではない。

複数の剣を同時にエリザの前に移動させる。

エリザは剣を叩き砕く。その破片の一つと、ユーレアスさんが入れ替わる。

「僕の方から近づこう」

「ユーレアスさん！」

愚策だと思った。速度で勝る相手に、自分から距離を詰めるなんて。現にエリザは反応して、拳を振り抜く。

「残念、それは偽物だ」

拳がユーレアスさんの身体を突き抜ける。本体ではなく、魔法で作った土人形を自身の姿に見せていた。脳に作用する幻術は効かなくとも、似せた作り物なら騙せる。

一瞬の隙が生まれ、本物のユーレアスさんが位置替えで急接近する。

「隙あり」

千載一遇（せんざいいちぐう）のチャンスに繰り出されたのは、最強の魔法でも、究極の一撃でもない。

不意打ちで、エリザの唇を奪う。

「――!?」

驚くエリザ。そして俺も、心の中で叫ぶ。

この状況で何してるんですか!

唇が触れるほど近い距離。反撃されれば一巻の終わり。だが、エリザは反撃をしてこない。

長く、舌を絡ませながらキスを続ける。

「ぅ……うぅ……はっ……」

「ごちそう様」

エリザがぐったりと倒れ込む。そんな彼女をユーレアスさんは優しく抱きかかえる。

状況に付いていけない俺は、その光景をポカーンと見つめる。

「なぜだ? 何をした?」

「安心したまえ。少し魔力を吸わせてもらったのと、一時的に身体を麻痺させただけだよ」

「ど、どうやって? 彼女に魔法は通じないんじゃ」

「ああ、通じないだろうね。でも思い出してみてごらん? 君の言霊を受けた時、彼女は口を固く閉じていたよ」

「え、口?」

そうだったか?

俺はあまりピンと来ない。

「生物であるなら呼吸は絶対に必要なことだ。彼女だって例外じゃない。空気を取り込むための口には、余計な効果は付けられなかったのだろう。どうかな？」

「……正解だ。まさかそれを一瞬で見破るとは」

「嘗めてもらっちゃ困るよ。男性はどうでもいいけど、女性のことはよく見ているんだ」

「ふ、はっははは、その差か。なるほど、そんなことで唯一の弱点を見破られるとは」

目と鼻と耳は皮膚と同じ効果を持つ膜で覆っている。耳に関しては鼓膜がその役割をしているとインディクスが語る。口だけは、空気を直接取り込むために細工ができなかった。

対処法として、戦闘中は呼吸回数を最小限にする方法をインプットされていたようだが、それも無限じゃない。

「本当に……あの一瞬で見抜いたんですか」

「そうだよ。だから言ったじゃないか。女性の扱いは慣れているんだ。それに――」

身体が痺れて動けないエリザに、ユーレアスさんは自分のローブをかける。

「人前でこんな格好をさせちゃダメだよ。女性は大切にしなくちゃ」

「素晴らしい」

パチパチパチパチ。拍手が聞こえてくる。いつの間にか、扉を変えてインディクス本人が部屋に入っていた。

「黒幕登場だね。ここからが本当の戦いかな？」

「いいや、私の負けだよ」

「え？」

「へぇ、まだ戦ってもいないのにかい？」

「最初から言っているじゃないか。ここにたどり着けたら君たちの勝ちだと……」

インディクスが動けないエリザに目を向ける。

「それが負けた時点で、私では君たちに勝てない。だからこうして、白旗を揚げに来たのさ」

「降伏する気かい？」

「そうだ。私にとって魔王軍の幹部であることは、さほど重要なことではないのだよ。魔導具造りに没頭できる場所と資金の提供があったから、彼に協力しているに過ぎない。せっかく良いデータがたくさん取れたんだ。ここで死んだら馬鹿だよ」

やれやれと身振りで示すインディクス。確かに敵意は感じない。

感じないけど……。

「そんな言葉が信用できると思うのか？」

「だろうね。ならば、私が持っている情報を全てあげよう。魔王城の構造、他の幹部たちの能力、魔王の力……君たちはまだ持っていない情報だろう？　加えて私は、この街から一切出ないし、人間にも危害は加えない」

「口だけじゃないか。そんなの――」

「わかったよ」

「え、ユーレアスさん？」

「大丈夫だ。彼は嘘言っていない。僕にはそれがわかる。彼にとって重要なのは、魔導具造りを続けることで、他はさほど重要じゃないのさ」

二人が目を合わせて、何か通じ合ったように頷く。

「ここで彼を倒すより、情報を聞き出す方が僕らにとっても有益だよ」

「……わかりました」

油断も信用もできないけど、ユーレアスさんの意見は一理ある。

負傷している俺にとっても、ここで戦闘にならないことは、確かに有益だ。

アレクシア、レナとアスラン、フレミア。それぞれ道中で合流し、四人で最深部まで向かっていた。

「急ぐぞ！　二人はもう戦ってるかもしれない」

「うん！」

アスランの言葉に頷くアレクシア。

合流できなかったエイトとユーレアスが、すでに戦っているだろうと予想し、急いでブロックを抜けていく。

道中に魔導兵器の障害がなかったこともあって、二人が先にたどり着いているのは明らかだった。

そして――

「エイト君！」

「エイト！」

「みんな遅かったね」

「「「「え？」」」」

たどり着いた四人とも、この光景に一瞬戸惑ったようだ。

答えたのはユーレアスさんだった。俺はその横で、ソファーに座って寛いでいる。さらにすぐ隣には、敵であるはずのインディクスがいるのだから、混乱して当然だろう。アレクシアが慌てて尋ねる。

「な、なな、なんで？　どういうこと？　なんで敵と一緒に寛いでるの？」

「安心したまえ。彼は敵だけど、もう降伏している。害はないよ」

「そういうことだ。君たちも走り疲れただろう？　ゆっくり休んでいくと良い」

「……馬鹿なの？」

キツイ言葉はレナだ。

「えっと、ユーレアスさんの言ってることは本当だから。害がない……と思うよ」

「どうしちゃったのエイト君！」

「まさか洗脳されて？」

「違うよ。あー、どう説明すればいいのか」

悩みながら彼女たちに説明する。インディクスとのやり取りと、ここに至るまでの経緯。あの後、インディクスの治療を受けて、俺の怪我も完治した。

半信半疑だった彼の降伏も、傷を治してくれたことで多少の信憑性は出ている。現に今は、魔王たちの情報をまとめているところだ。

「ほ、本当に大丈夫なの？　だって敵だよ？　悪魔だよ？」

「そうだけどさ。他にも納得できる理由はあるんだよ」

「理由？」

「ああ。街の様子を覚えてる？　みんなインディクスを慕っていたでしょ？　恐怖による支配からじゃ、あんな風に慕ってもらえない」

インディクス曰く、別に慕われたくてやっていたことではないという。

自身の創作環境を整える一環として、この街の統治をしていた。

街の者に魔導具を提供しているのも、実験の一環だった。その結果、街は繁栄を遂げ豊かになったのだという話だ。

「本当に魔導具造り以外興味がないんだよ」

「で、でも裏切って魔王が許すの？」

「許さないだろうね。だが私がこういう悪魔だと彼も知っている。知った上で部下にしていたのだから、予想の範疇ではあるだろう。だから個人的にも、君たちが早々に彼を倒してくれることを期待するよ」

話しながら作業を終え、インディクスは数枚の紙をユーレアスに手渡す。

「できたぞ。これが私の持っている情報の全てだ」

「感謝するよ」

「おい、オレはまだ信用してないぞ」

と、アスランさんが言った。さらに続けて質問する。

「オレたちを油断させるための罠ってこともあるだろ？　そもそもお前は悪魔だろ？　悪魔なら、魔王が支配する世界に賛同すると思うんだが？」

「そうだね。確かに、魔王が統治する世界の方が、私にとって有益だろう」

「……」

「だが、魔王時代は終わる。私は君たちの戦いを見てそう確信した。いずれ終わるなら、早々に移行した方が賢い。私の望みは、魔導具造りを続けられる環境を守ることだ。信用できるかどうかは、その情報が正しかったかでハッキリするだろう。それに——」

インディクスは徐に手を伸ばす。

「私がその気になれば、この施設ごと破壊して、君たちを殺すこともできる」

「なっ」

「てめぇ！」

「そうしないのが証拠だよ。君たちなら理解できるはずだ。君たちを殺すだけなら、ここへ引き入れた時点で方法は山ほどあったのだからね」

「……」

アスランさんは黙り込む。

インディクスの言う通り、殺すだけなら転移先に罠を仕掛けておけば良かった。わざわざルート上に魔導兵器を配置したり、合流を促すこともしないはずだ。

彼の言っていることは納得できる。ただ、相手は悪魔で、ましてや魔王軍の幹部だ。早々に、心から信用はできないだろう。

「……わかった。今はそれで納得してやる」

「感謝するよ」

「だが忘れるなよ？　もし裏切ったら、魔王を倒した後にお前も倒す」

「そうならないから安心したまえ」

　これで一先ず、話は落ち着いた。

「さて、私から差し出せる情報は以上だ。何か他にあるか？」

「一ついいかい？」

「なんだい？　ユーレアス」

「聞きたいことじゃなくてお願いなんだけど、今後は彼女にちゃんと服を着せてあげてほしい」

「エリザのことか。それは君の好きにすると良い」

「どういう意味だい？」

「言葉通りだ。君に敗れた時点で、私はもうそれに興味がない。勝ったのは君なのだから、君がしたいようにすれば良いさ」

　インディクスは淡々と話す。興味がないから、もういらないのだと。冷たい言葉を口にする。

「酷い男だね。やっぱりそこは相容れないな」

「なんとでも」

「はぁ、エリザだったね？　君はこれからどうしたい？　僕は基本的に束縛したり、されたりが嫌いなんだ。君の好きなようにして良いよ」

「好きなように……」

「そう。ここに残っても良いし、街に出て普通の生活を体験したいなら、この酷い親に頼んで準備してもらおう」

酷い親ってインディクスのことか？　間違いではないけど。

「どうする？」

「ワタシは……」

エリザは何かを思い出し、自分の唇に触れる。

「責任を」

「ん？」

「責任をとってもらいたいです」

「……え？」

「無理やりキスをされたら、相手に責任をとらせるものだと教わりました」

「何それ？　何教えてるの？」

「さぁな。そんなことも教えたか？　あまり覚えていないが」

しらを切るインディクスと、キスという単語に反応する仲間たち。

「キスしたの？」

「しかも無理やり……最低ね」

「全くだ」

「責任はとった方が良いですね」

「えぇ……どうすれば良いの？」

ユーレアスさんは困り果てる。そんな彼に、エリザが言う。

「ワタシを貴方の傍に置いてください。マスター」

「それだけで良いの？」

「はい」

「本当に？」

「はい。ワタシは……そう望んでいると思います」

「そうか。ならば仕方がないね。女性の頼みは断れないのが、僕の良い所だから」

また格好をつける彼に、他のみんなは呆れていた。でも俺は、エリザと戦った彼を見て、正直ちょっと格好良いなと思ってしまった。

2. 魔王の娘ルリアナ

インディクスの情報は大きく分けて三つ。

一つは、魔王城の構造について。魔王城は言わずもがな魔王の領域だ。そこで戦うことを考えると、構造を知っているということは武器になる。少なくとも不利を和らげるくらいにはなるだろう。

二つ目は、魔王と残り二人の幹部の能力。魔王に関しては特に情報がなかったから、これで対策も立てられる。さらに幹部二人のうち、側近である一人は魔王城から離れない。つまり、道中で戦うことになる幹部は、あと一人ということだ。

そして三つ目、これがおそらくもっとも重要な情報。噂にあった凶悪な兵器の存在は事実だった。

「その兵器はすでに完成している。何せこの私が設計して造り上げたのだからな。しかし運用に必要な魔力が膨大すぎて、完成してすぐには起動できなかった。今も魔力を溜め続けているだろう。私の予測では、あと一ヶ月あるかどうか」

「もし魔力が溜まったら、どうなるんだ？」

「無論、人間界は更地になるだろうね。あれは範囲と威力を極限まで高めた破壊兵器だ。一度使えば壊れてしまう分、威力を抑えていない」

俺はごくりと息を呑む。

彼が言う人間界とは、未開拓地域を除いた大陸の六割。その六割が、一瞬で更地になるという。

信じられない話だけど、ここで戦った数々の魔導兵器や、ユーレアスさんの隣にいるエリザを見て、嘘ではないのだろうと思ってしまう。彼の技術力ならば、それくらいはできてしまいそうだと。

「急いだ方が良さそうだな」

「ああ。私としても早急に出発することを勧めるよ。あーそれともう一つあった。その資料の最後にも書いたが、気になる情報があってね。確かめてくるといい」

インディクスの資料に目を向ける。最後に書かれていたのは、魔王軍とは直接関係のない情報だった。ただ、魔王とは関係がありそうな情報ではある。

「もう一人の魔王……本当にそんなのがいるのか？」

「さぁな。だが地図で示したその場所に、魔王を名乗る何者かがいることは確かだ。もし事実なら、君たちにとっても捨て置けないだろう？」

確かに事実なら、放ってはおけないことだ。仮に魔王を倒しても、別の魔王が新たに生まれれば、また同じことを繰り返す。敵ならば倒すべきだし、あまり想像できないけど、協力できるなら……とも思う。

「とにかく魔王城へ急ぐことだ。必要な物があるなら、ここから適当に持っていくと良い」

「エイト君」

「ああ、急いで魔王城へ行こう」

「ええ。その兵器が使えるようになる前に」

「ちょっと待った！」

他のみんなも出発を急ごうとする中でひと声。声の主はユーレアスさんだった。

「な、なんですか、でかい声出して」

「その前に重要なことが残っているよ！」

「重要なこと？」

「一体何が？」

「極めて重要なことだよ。今後の旅に大きく影響する……」

いつになく真剣な表情を見せるユーレアスさんに、一同がごくりと息を吞む。そして、溜めに溜めて言い放ったのは——

「エリザの服を準備しなくては！」

間違ってはいないから、反応に困る内容だった。

「そ、そうだね。その服でずっとは恥ずかしいよね」

「ええ、まぁ……間違ってはないわね」

「ユーレアスがまともなこと言ってるな」

「言ってますね。意外です。てっきりそれもユーレアスさんの痛い趣味かと」

フレミアさんの発言が一番心に刺さりそうだ。

痛い趣味か。それって間接的にインディクスを煽っているけど、本人は気にしてなさそうだな。

「と・に・か・く！　服は大事だよ！　エリザもその格好のままは嫌だろう？」

「いえ特に問題ありません」

「え……」

どうやら本人が一番乗り気じゃないようだ。しかし目のやり場に困るのも事実なので、ユーレアスさんが説得して、街で服を買ってから出発することになった。

「女の子の服選び……俺は何もできそうにないな」

「オレも同感だな。できれば店の中に入るのも嫌なんだが……」

「さすがに外で待ってるのも不審者みたいですよ」

「ああ、諦めよう」

「エイト君！　アスラン！　早く入りなよ！」

アレクシアが手を振って呼んでいる。

俺とアスランさんは同時にため息をついて店内へ。女性物の服が並ぶ通路を歩く時、どこを見ていれば良いのかわからなくて、挙動不審になっていた。

「この服とか似合うと思うの！」

「そうかしら？　この子にはこっちじゃない？」

「私はもっと清楚な方が」

「……」

女性陣は楽しそうに選んでいる。本人は無表情で、何を考えているかイマイチだが。

「微笑ましい光景だね～」

「ユーレアス、あなたも選びなさいよ」

「え？　僕も？」

「当然でしょ。あなたが言い出したのよ」

レナに指摘されたユーレアスさんが、女性陣の輪に加わる。

「そうだな～。じゃあこれと、これ」

ユーレアスさんが選んだ服をエリザに手渡し、試着してみる。白色をメインにした軽装で、ショートパンツに脚の露出は多いけど動きやすそう。上着もシンプルで、彼女の水色の髪によく合っている。

「なかなか良いじゃない」

「ですね。もっと際どい服を選んでくるかと」

「フレミアさんは僕を変態だと思っているよね？」

フレミアさんはニコリと笑った。

口では言っていないけど、ほぼ肯定している。

「酷い誤解だよ。エリザ、それどう？」

「これにします」

「え、そんな簡単に決めて良いの？」

「はい。これが良いです」

エリザは即決した。たぶんだけど、ユーレアスさんが選んだ物だから……なのだろうか？

ゲーデを出発し、魔王城へ向かう。インディクスから提供された情報に沿って、最短ルートで進む。今まではとりあえず西へ進むしかできなかったけど、魔王城までのルートが明確になっただけで、旅の日数がいくらか短縮できそうだ。

「インディクスの情報が正しければな」

「おや？　アスランはまだまだ疑い中だね」

「そりゃそうだろ。ちょっと前まで敵だった相手だぞ？」

「まぁね」

「そういう意味じゃ、彼女も信用できてるわけじゃないんだが……」

アスランさんはエリザに目を向ける。ピッタリとユーレアスさんの後ろにくっついてトコトコと歩いている。

「本当に大丈夫なんだろうな？　魔力無効化できるんだろ？」

「うん。僕らにとっては天敵だね。逆に味方となれば心強いだろう？」

「そうだけど」

「心配しなくても大丈夫だよ。元々彼女は、僕らに恨みがあったわけでもない。ただ命じられたままに行動していた。今の主人は僕だから、僕らに危害を加えることはないよ」

「だと良いがな。何かあったら責任とれよ」

「その責任って言葉、最近よく聞くな～」

能天気に話しながら進んでいくと、情報にあったとある地点に入る。

魔王城までは徒歩で二十日の距離。道草をくっている場合ではないが、確認しなくてはならない。

「もう一人の魔王がこの辺りにいるんだよね？」

「ああ。インディクスの情報通りならだけど」

「それに関しては嘘だとありがたいわね。敵が増えるのも面倒だわ」

「えぇーでもさ。魔王が二人って変だよね？　仲が良いとは思えないし、もしかしたら協力できるかもしれないよ？」

「勇者がそれを言って大丈夫なの？」

レナが呆れている。俺も乾いた笑いが出た。

「全員止まって」

突然、ユーレアスさんがそう言った。ピタリと立ち止まる。

「少し静かに。変な音が聞こえる」

「音？」

耳を澄ます。風で草木が揺れる音が聞こえる。それに混ざって、地響きに近い音が聞こえてくる。

どんどん大きく、近づいてくるように。

「ゆ、揺れてるよ！」

「自然の揺れじゃなさそうだね」

「敵の攻撃か？」

「まだわからない。とにかく警戒して。エリザはよく立っていられるね」

「この程度の揺れは想定済みですので。マスター、指示していただければワタシが確認に行きます」

「いいや、女性を一人で行かせるわけないないさ。それにほら？　揺れが収まってきたよ」

震動が徐々に弱まり、俺たちも立っていられる程度になる。次第に揺れは収まって、音もしなくなった。揺れの発生源はおそらく前にあるだろうと考え、俺たちは警戒を強めて前進する。そうして進むと、開けた場所に出た。

「こ、これ……穴？」

開けた場所、という表現はいささか間違っていたと思う。

空になった湖のように、地面が大きく抉れている。その中心に、城が建っていた。

「建っている……のかな？　沈んでいるようにも見えるけど」

「お城だね。古いお城」

「そうね。こんな場所に？　インディクスの情報に城なんてあったの？」

レナに言われてもらった情報に目を通す。もう何度も見ているから、確認するまでもないのだけど、一応見てみる。

「ないね」

「やっぱり騙されてるんじゃないでしょうね？」

少し不安になってくる。ユーレアスさんがエリザに尋ねる。

「エリザ」

「なんでしょう？　マスター」

「君は確か、インディクスから色々な情報を教えられているんだよね？　その中に、ここに関する情報はないのかな？」

「あります」

「本当かい？」

「はい」

「教えてくれるかい？」

エリザが「はい」と答え説明を始める。

「ここにはかつて、先代魔王の城があったそうです」

「先代魔王？」

「はい。現魔王は約二年前に、先代魔王と戦い勝利しました。その際の戦場がここであり、魔王城は城下町ごと破壊された……とのことでした」

先代魔王の城があった場所。そこについても驚きだが、みんな驚いているのは別のことだ。

今の魔王の前に、別の魔王がいたのか？

魔王は二年前に新しく誕生したわけじゃなくて、別の魔王から成り代わった？

「おいおい、その話が本当なら……ここで魔王を名乗っている奴って」

アスランさんが途中まで言って言葉を詰まらせた。言うまでもなく、同じ予想が脳裏に過る。

先代魔王が――この地にいる？

もう一人の……否、先代魔王の存在が浮かび上がる。それが今、目の前にいるかもしれない。

急激に緊張感が高まり、自然と喉が渇いてくる。しばらく無言のまま時間が過ぎ、アスランさんが全員に対して言う。

「どうする？」

こういう場合の判断は、いつもユーレアスさんに任せる。

「そうだね。もう少し様子を見ようか？　さっきの揺れがあの城から発生しているのなら、どういう理由なのかわかると楽だ。せめて攻撃なのか、それ以外なのかの判断はしたいね」

「了解だ。見た感じ正面じゃなさそうだし、反対に回ってみるか？」

「ああ。罠があるかもしれないし、警戒は怠らないように。それとアレクシアは、魔王が出てきても突っ込まないでね？」

「そ、そんなことしないよ！　子供みたいに言わないでほしいな」

「そうだったね〜。エイト君のお陰で、アレクシアも大人になったものだ」

「うぅ……」

この状況でからかう余裕があるのか。

一番警戒していないのはユーレアスさんなのでは？　と思いながら外周を歩く。

くぼみができている周りは建物らしいものもなく、生物の気配もない。これだけ広い森なら、動物の一匹や二匹いてもおかしくなさそうだが……。

「さっきの揺れが頻繁に起こっているなら、動物たちも怖がって逃げ出すだろうね」

と、ユーレアスさんは話していた。そして半周した所で、魔王城の正面が見える場所に到着する。

「誰もいない？」

「この距離だと魔力も感じられないね。やっぱり近づくしかないかな」

「危険だが……まぁそうだな。全員武器は構えておけよ」

突入する流れに、レナがちょっと待ってと手を挙げた。

「魔王がいるかもしれないのよね？　だったらもうここから潰しちゃえばよくないかしら？」

「それはお勧めできないな〜。全然無関係な悪魔がいたらどうする？」

「こんな場所にいないでしょ」

「もしもだよ、もしも。僕たちは壊すことが目的じゃないんだから」

「そうね。失言だったわ」

レナが反省して謝る。その様子を見ながら、ユーレアスさんが意味深に笑う。

「何よ？」

「レナも丸くなったね。以前の君なら、了承なんて取らずにボカンだっただろう？　エイト君のお陰かな」

「さぁ？　そうかもしれないわね」

「はっはは、素直になったな～。さてさて、では少し早い魔王城攻略を始めようか」

ユーレアスさんの口調からは緊張感がまるで感じられない。

それに慣れてきたことを再確認して、俺は小さく笑う。

抉られた地面を下り、魔王城の正面へ。アレクシアとアスランさんを先頭に、俺とレナが後方に構え、ユーレアスさんとフレミアさんを挟む陣形で進む。

エリザはユーレアスさんにピタリとくっつき、彼を守ろうとしているようだ。アレクシアが城を見上げて言う。

「近くで見ると大きいね～」

「ああ。それに思った以上に古いというか、ボロボロだな」

アスランさんの言ったように、目の前にある魔王城は壁の一部が剥がれ、天井も抜けている。誰も住んでいそうにない廃城、というのが素直な印象だった。ただ――

「強い魔力を感じるよ。誰かがいるのか、何かがあるのか」

ユーレアスさんがそう言って、全員が警戒を強める。慎重に、罠がないか確認しながら、門らしき跡を潜る。

「お待ちなさい」

中へ足を踏み入れた瞬間、上からの声が響く。

全員の視線が一斉に上へ向く。尖がり帽子のような屋根のてっぺんに、年老いた悪魔の男性が立っていた。人間に近い見た目でしわだらけの肌と白い髪。執事のような服を着た男が、俺たちを鋭い視線で見下ろす。

「ここは我が主の城。無断で立ち入ることは許しません」

「これは失礼した！　こんな場所に城があるなんて思わなかったのでね？　興味本位で近寄ってしまったんだ」

ユーレアスさんが流暢に返す。老人の悪魔を見て、アレクシアとアスランさんが小声で話す。

「あの悪魔が魔王じゃないんだね」

「みたいだな。我が主って言うくらいだし、別にいるのか。だが……」

「うん。かなりの実力者だね」

前衛の二人が老魔から発せられる圧を感じ取る。ただ者ではないことは、俺にもわかった。隙がない。

「左様ですか。ならば立ち去ることを……あなた方は悪魔ではありませんね？　もしや勇者一行ではありませんか？」

「その通りです」

「ボクが勇者だよ！」

「……なるほど。そういうことであれば、このまま帰すわけにはいきませんね」

老魔の雰囲気が変わる。先ほどまでより鋭く、怖い視線を俺たちに向ける。

「我が主に害なす者であるなら、ここで排除させていただきます」

老魔が俺たちの前に降り立つ。いつの間にか細い剣を手にしている。すでに臨戦態勢。話をする雰囲気ではなくなったと悟り、俺たちも武器を構える。

「ユーレアスさん」

「ああ、仕方ないね。戦うしかなさそうだ」

老魔が構える細い剣は、人間が使うサーベルと形状が近い。

強大な魔力を感じることからして、おそらく魔剣の一種ではありそうだ。ただ者ではない気迫から予想できる実力の高さに、前衛二人もいつになく本気の目をしている。とは言え人数的にはこちらが圧倒的に有利。油断さえしなければ、負けることはないと思った。

「覚悟を」

老魔が剣を振るい前へ出る。一瞬で間合いを詰められる速度を見せるが、アレクシアとアスランさんは反応していた。アレクシアが剣を交わす。

「良い打ち込みです。だが粗い」

「っ、うわっ！」

アレクシアの剣を軽くいなし体勢を崩させる。

そこを突こうと老魔が剣を構えた。アスランさんが庇うように攻撃し、老魔はアスランさんと交戦する。剣と槍、リーチではアスランさんに軍配が上がる。槍を扱う速度も瞬きのごとく。アスランさんの攻撃を捌き切るのは、アレクシアでも至難の業だと言っていた。老魔はそれを簡単にやってのける。

「これを受け切るのかっ」

「凄まじい速さ。ですが慣れればなんの問題もない」

アレクシアも攻撃するが、二人相手を意に介していない。どころか、苦戦しているのは二人の方だ。

「これほどか」

「マスター、ワタシも戦います」

「駄目だよ」

「なぜですか？」

「君は強いけど、あの二人と連携が取れるほどの信頼関係は築けていないだろ？　今入れば確実に邪魔になるよ。それより周囲を警戒しておいてくれ。魔王がいるなら、いつ現れても対応できるように」

「了解しました」

ユーレアスさんにしては冷たい言葉だが仕方がないと思う。今の三人に交ざろうというのが無理だとさえ思えるほど、激しい戦いを繰り広げていた。隙がなさすぎて、俺も下手に手を出せない。

攻守の移り変わりが激しい中で言霊を使って、もし二人に効果が出てしまえば悪手だ。しかし押されているのは二人。このまま何もしなければ、均衡は崩れる。

「エイト君も準備して。文字通り横槍を入れるよ！」

先に動いたのはユーレアスさんだった。魔法陣を展開し生成されたのは、氷でできた十本の槍。それらを操り、老魔へ放つ。

「横槍とは無粋ですね」

老魔は戦いながら魔法陣を展開。氷の矢を生成し、氷の槍を相殺する。

「同種の魔法で打ち消したのか」

「少々お待ちいただこう」

続けて老魔は炎を生み出し、蛇の形に変化させ俺たちに放つ。

「守護の光よ――」

フレミアさんが守りの結界を発動し防御する。あれだけ高速の戦いの中、外からの攻撃にも難なく対応する。

二人との戦いを見てわかった。一撃の重さや反応速度はアレクシアが上だし、攻撃の速度と鋭さはアスランさんの方が秀でている。出ているのは完全に、熟練度の差だ。

技術面において、あの老魔は二人を遥かに凌駕している。

「ホントに恐ろしいね。だけどこういう時こそ搦め手だ。エイト君、剣を!」

「はい!　開門」

ユーレアスさんの意図を汲み取り、俺は魔導具から無数の剣を取り出し、老魔の頭上へ待機させる。

「これは――」

「二人とも下がって!」

俺の声に反応して、二人が大きく後退する。そこへ剣の雨を降らせる。

「甘いですね」

だが老魔はこれにも難なく対応してみせる。降り注ぐ剣は叩き落とされ、周囲に散らばる。これで準備が一つ終わる。

『動くな』

「っ――」

二人が離れたことで、言霊を放つ隙ができた。動きを封じられた老魔は、眼球だけを動かし俺を睨む。

「強制の言霊⁉」

一瞬、何かを理解したように眉を顰（ひそ）める。そして――

「かっ！」

老魔が叫んだ。

「なっ……」

無理やり拘束を解除した？　そんなこともできるのか？

「いいや、それで十分だよ」

ユーレアスさんがパチンと指を鳴らす。今までで最大の隙に、散らばった剣と二人の位置が入れ替わる。突然前後に現れた二人に、老魔も反応が遅れる。

「しまっ――」

アレクシアが剣で斬り下ろし、アスランさんが槍をくるりと回して斬り上げる。血しぶきが舞う。

「ぐっ……邪魔だ！」

老魔は歯を食いしばり、拘束を解除した時と同じように叫ぶ。

彼を中心に衝撃が広がり、二人が大きく吹き飛ばされてしまう。

「アレクシア！」

「だ、大丈夫だよ、エイト君」

アレクシアは瓦礫に剣を突き立て起き上がる。

「アスラン！」

「心配するなフレミア。それより集中しろ、まだ終わってないぞ」

アスランさんは瓦礫に埋もれたが、それを突き破って出てきた。

口から血を流し、唾と一緒にプッと吐き出す。

まだ終わっていない。アスランさんはそう言うが、老魔の傷は見るからに深い。すでに決着はついたようにも思える。

「ここは通さない……我が主に指一本触れさせせん」

負傷して気迫は増している。絶対に通さないという固い意思が見える。誰かを守ろうとしている、守ると誓った強い目だ。戦う意思は消えていない。だから二人も、再び武器を構える。そこへ——

「待つのじゃ！」

高い女の子の声が響く。幼さを感じる声だった。

俺たちは見上げる。老魔が立っていた場所と同じてっぺんに、十歳くらいの小さな女の子が立っていた。赤黒いくるっとした髪に、ルビーのように赤い瞳。頭からは小さな角が二本、背中には悪魔の羽、腰の後ろから尻尾が見える。

「爺から離れるのじゃ！」

「なんだ？　子供か？」

「いけません魔王様！　この者らはただの人間ではありません！」

「魔王⁉」

老魔の口から魔王と聞こえた。一番近くで聞いていたアレクシアとアスランさんは、目を丸くして驚く。

あの女の子が魔王？　まったくそうは見えないけど。

「ここは妾の城じゃ！　勝手は許さん！」

彼女はてっぺんから飛び降りようとしている。見た目からは強さが感じられない。しかし、恐ろしく強い老魔が魔王と口にした。事実であれば、油断できる相手ではない。

そんな細かい理由までは考えられなかったけど、俺は反射的に口が動いていた。

『動くな』

強敵だとすれば、絶対に主導権を渡してはならない。これまでの戦いで学んだこと。相手の土俵で戦えば、どうしたって苦戦を強いられる。だから先手を取る。

老魔が無理やり言霊を打ち破った光景が記憶に新しい。おそらくすぐに解かれると思い、次の手へ移ろうとしていた。のだが……。

「な、なんじゃ？　動けんぞ！」

「あれ？」

普通に言霊が効いていた。

「魔王様！」

深い傷を負った老魔が助けに入ろうとした。しかし傷に痛みが走ったのか、膝が抜けて地面に手を突いてしまう。演技っぽくなく、本気で焦っているように見える。

「ユーレアスさん！」

「んっ？　まったく君はお人よしだな」

俺の意図を察したユーレアスさんが指を鳴らす。彼女が落下する下には、老魔が弾き飛ばした剣が散らばっていた。そのうちの一本と入れ替わり、彼女を両腕で受け止める。

「ふぅ、間に合った」

「……」

「あ、えっと、大丈夫？」

「う、うん。ありがとうなのじゃ……って違うのじゃ！　気安く妾に触れるな人間！　なんで動けないぃ～」

彼女は悔しそうな顔を見せる。頑張って身体を動かそうとしているのだろう。ふんっと息を止めて力を入れている。

「あーごめん。言霊を解除してなかった。『動いて良いよ』」

だからたぶん、タイミングが悪かったのだろう。

動かそうとしていた手が急に動いて、俺の顔面に当たった。

「ぶっ！」

「エイト君！」

い、痛い……。殴られた顔を押さえる俺と、心配して駆け寄るアレクシア。抱きかかえていた女

の子は殴られた拍子に離してしまった。自由になった彼女は偉そうに腕を組む。

「ふ、ふん！　妾に無断で触れたのじゃ！　それくらいで済んで幸運だったと思うが良い！　た、助けてくれたことには感謝するが……」

「ど、どういたしまして？」

「調子に乗るな！　妾は魔王じゃ！」

元気いっぱいに叫ぶ彼女を見ていると、なんだかほっこりする。戦う相手ではないように感じて、気が抜ける。そしてもう一人、彼女が無事だったことで気が抜けたのか。

「っ……」

「爺！」

老魔がへたり込んだ。傷が深いにもかかわらず、無茶をして動こうとしたせいだろう。倒れた老魔を見た彼女は、俺とアレクシアを無視して老魔の方へ駆けていく。

「爺！　爺、しっかりするのじゃ！」

「魔王様……お逃げ……ください。私はもう……」

「何を言っておるのじゃ！　爺は妾が助ける！　だから、だから妾を……一人にしないで」

彼女の瞳から、大粒の涙がこぼれ落ちる。その涙は嘘偽りなく、本物の悲しみが宿っていた。

俺たちは互いに顔を見合わせ、そして頷く。ユーレアスさんが言う。

「フレミアさん、頼めるかい？」

「ええ」

「すまないね」

「構いません。私も見ていられませんから」

フレミアさんは優しく微笑み、倒れた老魔の元へ歩く。そのまま両手を握り、回復魔法を唱えた。

彼女の回復魔法は、生きてさえいればどんな傷でも治すことができる。老魔の傷は一瞬で消えてなくなった。

「こ、これは……」

「爺……爺！」

老魔に抱き付く女の子を見て、微笑ましさを感じる。フレミアさんの表情も、助けて良かったと思っているように見えた。

「な、なぜ私の傷を？」

「さて、どうしてでしょうね」

「その辺りも含めて、僕らと一度話をしませんか？」

ユーレアスさんの提案に、老魔はしばらく考えていた。そして答える。

「わかりました。どうやらあなた方は、私が考えているような人間ではないようですね」

「爺？」

「一度話を聞いてみましょう。もしかすると、我々の目的に繋がるかもしれません」

「……爺がそう言うなら」

二人とも了承して、俺たちは一時休戦することになった。

魔王城内部に入る。いや、厳密には旧魔王城と呼ぶべきだろう。

エリザが話してくれた情報通りなら、ここは先代魔王の城だ。そして今、俺たちの前に座っている二人が、その先代と関係のある悪魔たちだと思う。

「まず感謝を。先ほどは魔王様を救っていただきありがとうございます」

「い、いえ。元はと言えば俺のせいではあるので」

俺が言霊で動きを止めなければ、彼女も落下することはなかったのだろう。

「受け止めてくださったことは事実です。不甲斐ないことに私は間に合わなかった。それどころか、聖女殿に治療していただかなければ、あの場で命を落としていたでしょう」

老魔がフレミアさんに視線を向け、深々と頭を下げる。

「感謝いたします」

「お気になさらないでください。それに私は、聖女と呼ばれるほど偉くはありませんよ」

「いいえ、貴方の力は聖女と呼ぶに相応しい。あれだけの傷を一瞬で癒やすなど、かつての魔王様に匹敵する」

かつての魔王、という言葉が引っかかる。話の途中ではあったけど、俺は老魔に尋ねる。

「かつての魔王というのは、先代という意味ですか?」

「はい」

「ではこの城も?」

「はい。先代の魔王様……サタグレア様の城です。そしてこの方こそ、先代魔王様のご息女ルリアナ様です」

「先代魔王の子供?」

ルリアナと目が合う。睨んでいるわけでもなく、恐れている様子もない。ただ俺のことをじっと、観察しているように見えた。

「申し遅れました。私はセルスと申します」

「ボクはアレクシアだよ！」

「レナよ」

「アスランだ」

「フレミアです」

「僕はユーレアス。隣にいる彼女は」

「エリザです」

「俺はエイトです。セルスさんは、先代をご存じなんですね？」

自己紹介の終点で、俺は疑問に思っていることを尋ねた。セルスさんは頷き答える。

「私は先代より魔王様の側近の任に就いています。現在はルリアナ様の……魔王様の側近です」

「なるほど」

「違うのじゃ」

ルリアナが何かを否定した。そのまま続ける。

「妾は魔王ではないのじゃ。まだ……父上のようにはなっていない。じゃから爺も妾を魔王と呼ぶな！　いつも言っておるじゃろう」

「しかしあなたは先代のご息女、次代の魔王となるお方だ」

「じゃが魔王は別におるじゃろ！　あの裏切り者を倒すまで、妾は魔王を名乗らん」

「……」

二人の話が詰まり、深刻そうな表情を見せるセルスさん。蚊帳の外の俺たちだったが、ユーレアスさんが二人の間に飛び込む。

「その辺りが疑問だったのですよ。この地に先代魔王がいたとして、今まで我々はそれを知らなかった。いや、我々の領土に侵攻を開始したのは、現魔王の体制になってからなのでしょう。現魔王誕生の経緯を、もしよろしければ教えていただけませんか？」

「……ルリアナ様」

「良い。爺の好きにせよ」

「はい。では私からお話しいたします」

セルスさんは一呼吸置いて、改まって話し出す。ルリアナは不機嫌そうだが、俺たちは構わず耳を傾ける。

「現在魔王を名乗っているリブラルカは、先代魔王様の配下……私と同じ側近でした」

「なんと」

ユーレアスさんが驚く。セルスさんが話を続ける。

「私と同じく魔王様に忠誠を誓い、魔王様のために命を使い果たす。魔王様の強さ、偉大さに惹かれて、この方に全てを捧げようと……同じ志を持っていました。ですが……奴は魔王様の考えにはあまり賛同してなかった」

先代魔王サタグレア。セルスさん曰く、悪魔とは思えないほど優しい方だったという。

悪魔たちの繁栄を何より願い、強大な力を有して尚、戦いを好まない性格だった。

無益な争いなど起こしてはならないという考え方を持ち、人間とも共存の道を考えるほどだった。

しかし、その考え方に否定的な者たちがいた。

その筆頭が当時の側近リブラルカ。魔王の力に憧れながら、甘い考え方だけは理解できなかった。

人間の領地を侵略し、自分たちの領土にしようと考えて、何度も上申しては断られていた。

「リブラルカに賛同する者も多くいました。次第に魔王様を否定する勢いが膨れ上がり、大波となって押し寄せ……配下の半数が敵に回り、血みどろの戦いが繰り広げられました。そして最終的にはリブラルカが勝利を収めたのです」

そう語るセルスさんの表情は暗く、悔しさがにじみ出ていた。

「私とルリアナ様が生きているのは、魔王様が逃がしてくださったからです。こんな戦いに意味はない。私がなんとかするまで待っていてくれと……」

先代を倒したリブラルカが新たな魔王となり、人間界への侵攻を開始した。それが魔王の始まりだと思っていた。でも実際は、魔王はもっと前から存在していたんだ。俺たちが知る魔王とは全く別の存在として。

「だから裏切り者と」

「はい。私たちの目的は、リブラルカを打倒し、悪魔領の支配権を取り戻すことです。そのためには力が足りない……勇者殿」

「は、はい！」

「どうか我々に力を貸していただけないでしょうか？　我々の目的と、あなた方の目的は一致しているはずです。そして我々は人間との争いを望んでいません」

「え、えっと……」

突然お願いされて、アレクシアは戸惑っていた。キョロキョロ俺たちに視線を送って、助けを求めている。やれやれと身振りを見せ、ユーレアスさんが代わりに言う。

「僕らとしても、それは悪くない提案ですね」

「駄目じゃ」

「おや？」

「ルリアナ様？」

「やっぱり駄目じゃ！　勇者などと手を組むなどありえん！　魔王になる者が、人間の手を借りるなどあってはならんのじゃ！」

「ですがルリアナ様、我々だけでは」

「うるさい！　父上なら一人でも戦えたのじゃ！　なら妾がもっと強くなれば良い！」

そう言ってルリアナは立ち上がり、部屋を出ていこうとする。

「ルリアナ様！」

「話は終わりじゃ」

バタンと扉を閉め、ルリアナは俺たちの前からいなくなった。

ルリアナが部屋を去ってから、セルスさんが俺たちに言う。

「申し訳ありません。ルリアナ様には、私からもう一度話してみますので、しばらくお待ちいただけないでしょうか？」

「それは構いませんが、僕たちも急いでいます。そう長く滞在するつもりはありませんよ」

「はい。存じております。ですがどうか、明日の朝までは」

部屋の窓から外が見える。抉れた大地で見えにくいけど、夕日が遠くの方で沈んでいる。

「そうですね。一晩くらいなら」

「ありがとうございます」

「その代わり、この城内を調べさせてもらえませんか？　先代とは言え魔王の城、その構造を知りたいのですが」

「……わかりました。破壊さえしないのであれば」

セルスさんはちょっぴり嫌そうな顔をした。

それもそうだろう。主の城を部外者に荒らされるのは誰だって嫌だ。渋々了承してくれたのも、それだけ追い込まれている状況だからだと思う。ルリアナが部屋を出る前に口にしたように、悪魔が人間の手を借りるなんて、俺たちにも想像がつかない。

それから俺たちは城内を散策した。初めは全員で固まって行動していたけど、危険がないと判断してからは、バラバラに探索している。見た目以上に城内は複雑な造りをしていて広かった。

「あれ、ここどこだろう」

気づけば迷子だ。一度みんなと合流したくて、話をしていた部屋を目指していたつもりが、まったく見覚えのない廊下を歩いている。

「こっちだったか？」

俺は方向音痴なのかもしれない。と思ったけど、これだけ複雑で広い城で初見なら、仕方がないと思う。感覚だけを頼りに歩いていく。すると、曲がり角の奥からセルスさんの声が聞こえた。

「ルリアナ様！　どうかお話を聞いていただけませんか？」

「……」

「ルリアナ様……今のままでは先代の無念を晴らすことすらできません」

「……」

扉の向こうから返事はない。ため息をつくセルスさんに近づくと、こちらの足音に気づいて振り向く。

「あなたはエイト殿、でしたか」

「はい。ここに彼女がいるんですか？」

「ええ」

「立派な扉ですね」

装飾はされておらず、真っ黒で大きな扉だ。他の部屋に通じる扉も立派だったけど、ここだけ大きさや重厚感が違う。

「説得中でしたか？」

「はい。ですが反応してくださりません」

「中に入って説得した方がいいんじゃないですか？」

直接向き合って話した方が伝わることもある。そう思って提案したけど、セルスさんは首を横に振る。

「この扉は、魔王様にしか開けられないのです」

「そうなんですか？」

「ええ。どんなことをしても破壊できず、魔王様とそのご息女にしか開けられない。リブラルカの襲撃を受けた時は、先代が私とルリアナ様をここへ誘導してくださったお陰で、なんとか生き延びることができました」

「そう……だったんですね」

俺とセルスさんは扉を眺める。この扉の向こう側で、二人は息を潜め、耐え忍んでいたのか。そして今、俺が立っている側に、父親の仇が迫っていた。

辛かっただろうな。簡単に口にして良い言葉じゃないと思って、心の中だけで呟いた。

「私は食事の用意をしてきますので」

「はい」

セルスさんが離れた後も、俺は一人で扉の前に残っていた。魔王にしか開けられない扉。現魔王でも壊すことができなかったという代物（しろもの）。純粋に興味があって扉に触れる。

「固いな……開かないや」

普通に開けようとしたけど、当然のごとくビクともしなかった。セルスさん曰く、先代やルリアナのように魔王の血筋の者にだけ反応する仕組みらしい。説明してもらったけど、正直よくわからなかった。

「うーん……あ、そうだ」

一つ閃いた。といってもまず無理だと思うが、ものは試しだ。

「『開け』」

言霊で呼びかける。

さすがにこれで開いたりは――

ガチャリ。

「あれ？」

鍵が解錠される音、のようなものが聞こえた。半信半疑で扉を開いてみる。すると、すんなり開いた。

「あ、開くんだ」

「な、なんじゃ！　どうやって入ってきた！」

中には本棚がたくさん並んでいて、扉を入って正面にある椅子にルリアナは座っていた。

俺が入ってきたことに驚いて身体を捻る。その拍子に体勢を崩して、椅子ごとフラフラ揺れる。

「わ、わっ！」

「危ない！」

俺はすぐに駆け寄って倒れる彼女を抱きかかえた。今度もギリギリセーフ。

「大丈夫？」

「あ、ありが……じゃない！　放すのじゃ！」

「うおっと」

またパンチされるところだった。今度は躱せてホッとする。

「どうやって入ってきたのじゃ！　ここは妾と父上だけに許された場所じゃぞ！」

「い、いやごめん。俺もまさか開けって言ったら開くとは思わなくて」

「開け？　そういえばお前、あの時も妾の動きを……何をしたのじゃ？」

「何って、言霊のこと？　俺にはそういうスキルがあるから、言葉にしたことが現実になるんだよ」

へたくそな説明だと自分でも思った。でも、ルリアナは首を傾げるのではなく、目を細めた。

「なぜじゃ……」

「え？」

「なぜ人間のお前が、父上と同じ力を持っておる！」

先代魔王と同じ力？

今まで戦った幹部たちも、似たようなセリフを口にしていた。

あれはおそらく現魔王を指していたのだろうけど、彼女の場合は先代だ。俺と同じ言霊使いのスキルを、先代も持っていたのか。

「それは魔王が持つべき力じゃ。なんでお前に……返せ！」

「か、返せって言われても……」

「妾にそれを渡すのじゃ！　それは父上の……妾にない……」

スキルを渡すなんて無理だろうと思った。それに、妾にはない、という部分が引っかかる。

「なんでじゃ……なんで妾にはそれがないのじゃ……」

「え、君は持ってないの？」

「ない。じゃから妾は魔王には……父上のようにはなれんのじゃ」

ルリアナの瞳が涙で潤む。こぼれそうになる涙を自分で拭い、頑張って泣かないように堪えていた。俺は落ち着くまでそれをじっと待つ。しばらく待って、ルリアナが俺に尋ねる。

「セルスさん？　食事の準備をしてくれるって」

「爺は？」

「そうか……」

「あのさ」

「爺の言っていたことはわかるのじゃ。今の妾では魔王には勝てない。爺がいても……」

俺が言おうとしたことを、彼女は自分から口にした。さらに続けて言う。

「でも……でも妾は、妾の力であいつを倒したいのじゃ。父上を殺したあいつを、妾だけで……」

父親の仇を討ちたいという気持ち。

それが自分だけでは叶わないことを、幼い彼女なりに理解した。しかし、理解することと認めることは別だ。

無理だと知りながら、諦められずにいる。彼女の葛藤の一端に触れて、何か言ってあげたくなった。だけど他人の俺が何を言っても、彼女には伝わらないだろう。

無力な自分が情けなくて、視線を下げる。

「この本は？」

テーブルの上には、一冊の古びた本が置かれていた。タイトルもなく、黒くすんだ革の表紙カバーは、開かないようにボタンで留めてある。

「それは父上が残してくれた本じゃ」

「先代が？」

「そうじゃ。じゃが……」

「見てもいいかな？」

「無理じゃ。妾にも開けない。父上にしかできないのじゃ」

ここでも魔王にしか開けない仕組みか。

どういう原理なのか知らないけど、彼女でも無理なのはどうかと。

「『開け』」

ポタンッ。

「あ」

「え？」

ボタンが外れる音がした。本を閉じていた部分が外れている。

「開いた……ね」

「嘘じゃ……なんで？　妾にもできないのに」

困惑するルリアナ。俺自身も驚いている。扉に続いてこうもあっさりと開くなんて思いもしなかった。だけど、なんでだろう？

扉の時も同じだった。セルスさんの話を聞いて、なんとなく開けられる気がしたんだ。

今だって、彼女には開けられないけど、俺にはできるような気がして……。

そのまま俺は、本のページをめくった。一ページ目は白紙。その次も、ざっと中身を見ても白紙ばかり。

「何も書いてないぞ」

「そ、そんなはずないのじゃ！」

ルリアナが本に手を伸ばした。俺の手と、ルリアナの手が本に触れた瞬間、空白のページに文字が浮かび上がる。と同時に、部屋の足元に魔法陣が展開された。

「なんだ？」

「これは父上の――」

瞬く間に光に包まれる。眩しさに目を瞑り、次に開けた時には、俺とルリアナは真っ白な空間に立っていた。上を見ても真っ白で、下も踏みしめている感覚はあるけど、地面があるかどうかわからないほど、周囲と溶け込んでいる。

「こ、ここは……どこだ？」

「父上の空間じゃ」

「先代の？　空間ってどういうこと？」

「父上は自分だけの時空間を持っておったのじゃ。一度だけ見せてもらったが……ここまで何もなかったわけでは」

――それはね？　私がもう、死んでしまっているからだよ。

声が頭に響く。男の人の優しい声だった。初めて聞く声だけど、不思議な懐かしさを感じる。そしてルリアナは、声の主を知っていた。

「父上？　父上の声じゃ！」

「これが……」

——ああ、ルリアナ。

「どこなのじゃ！　どこにいるのじゃ！」

——お前の前にいる。よく目を瞑ってから、ゆっくり開けてみなさい。

言われた通りにルリアナが目を瞑る。俺も同じように目を瞑り、ゆっくりと開く。すると、目の前には——

「久しぶり……で合ってるのかな？　ルリアナ」

「父上……父上！」

ルリアナは父親を見た途端に駆け出して、彼に抱き付いた。

黒い髪に赤い瞳。長い髪を後ろで結んでいる。優しく微笑む彼こそ、先代魔王サタグレア。その見た目は、誰かに似ている……気がした。

「父上……会いたかったのじゃ」

「ああ、私も会いたかったよ。ルリアナ」

本を開く前、涙を必死に堪えていたルリアナ。今ではそれが嘘のように、大粒の涙を流している。

亡き父親と再会したことで、我慢なんてしていられなくなったのだろう。

抱き付き泣き続ける彼女の頭をサタグレアが撫でる。そのまま視線を俺の方に向ける。

俺と目が合うと、彼は小さく笑って言う。

「君とは本当に初めましてだね？」

「はい。その……あなたが先代魔王……なんですか？」

「そうだよ」

「……」

「そうは見えないだろう？」

俺はこくりと頷いた。すると彼は呆れたように笑って言う。

「素直だね。まぁ昔からよく言われていたよ。悪魔らしくないとか、人間みたいだとか。もう慣れてしまったが……それにしても、若い頃の私に似ているな」

「え、誰がですか？」

「君以外いないよ」

俺が……似ている？

確かに、誰かと似ているような気はした。その誰かで最初に思い浮かんだのは、俺の父親だ。小さい頃に亡くなった俺の父親と、サタグレアは雰囲気が似ている。

「そうか。だから君に渡ったのかな？　いや偶然か。まぁどちらでも良い」

なんの話をしているのだろう。わからない俺は首を傾げる。サタグレアは、ルリアナの名前を呼ぶ。

「ルリアナ」

「父上？」

「すまない、そろそろ泣き止んでほしい。あまり時間がないんだ」

「え……」

「この空間は、生前に私が残しておいた保険なんだ。そう長く保てない。あと十数分もすれば崩壊してしまう。その前に、伝えるべきことがあるんだ」

そう言って、サタグレアは俺に目を向ける。

「君にもだ」

「俺に？」

「そうだ。リブラルカを止めるためには君の力も必要だ」

「父上？　なんの話をしているのじゃ？」

「それを今から説明するよ。まずはリブラルカのことだ。もう知っての通り、私は彼を止められなかった。こうなることはわかっていたのに……不甲斐ない話だ」

サタグレアは未来を予知する千里眼を有していた。

全てを見通せるわけではないが、自身と深く関係する出来事、特に危機には敏感だった。

彼は戦う前から、自分が死ぬことを予感してた。

それでも彼は、説得を試みたのだ。戦いを好まない彼を、リブラルカは問答無用に襲った。

「私の言葉は彼には届かなかった。どうにかして未来を変えたかった……その結果がこれだ。部下を危険に晒し、娘を一人にしてしまった」

「父上は悪くないのじゃ！　悪いのは全部あいつじゃ！　あいつが裏切ったから」

「違うよ。裏切らせてしまった私に問題があったんだ。君を一人にしてしまったのも、彼を説得できると、やり直せると欲をかいたからだ。結局、多くを失ってしまった」

未来が見えていたのなら、他の方法を選ぶべきだったのかもしれない。説得なんてせずに戦っていれば、結果は変わっていたのかも。でも……。

「彼女は生きている。失ってなんかいませんよ」

「お前……」

「ありがとう。だが、それも永遠ではないんだ」

「どういう意味ですか？」

「私が死の直前に見た最後の予知。それは……私の仇を討とうとリブラルカに挑み、無残に殺されるルリアナとセルスだった」

俺とルリアナが驚愕する。

「そんな……」

「私は後悔したよ。自分の選択がいかに愚かだったのかと……だから最後に、私は自分の力の一部を切り離して、世界に放ったんだ」

それは魔王の因子と呼ぶべきものだろう。

サタグレアは死ぬ間際、悲惨な未来を変えるため、自分の力を誰かに託そうとした。

未来視の力と魔法の力で時間すら超え、魔王の力を宿し、使いこなせる誰かの元へ送った。

「それが君だよ」

サタグレアは俺を指さしてそう言った。

「俺に……？」

「そう。君の中には私の力が宿っている。最後に飛ばした私の力は時空を超えて、君の元にたどり着いた。だから本の仕掛けも解くことができたんだ。私の力に反応して、この本は開いた」

彼の手にはいつの間にか、魔王にしか開けないという本が握られてた。

「元々は別の用途で作った物だったのだが、それを上手く活用させてもらった。力を切り離した後で、自分の意識も切り離し、この本に閉じ込めた。こうして、君たちと話をするために」

俺はこの時、彼から感じた懐かしさの理由に気づいた。父親と似ているとかじゃない。俺の中に、彼の力が眠っているから。両親よりも、誰よりも、自分の中にもう一人の誰かを住まわせていたように。身近な存在だったからこそ、俺は懐かしいと感じた。

魔王軍の幹部たちが驚いた理由もわかる。言霊使いの力は、本来人間には宿らないのだろう。それが俺の中にある。だとしたら、俺が勇者パーティーに選ばれたことも全て、最初から決まっていたことのように思える。

「君の名前を教えてもらえるかな？」

「エイトです」

「エイト、どうか娘に力を貸してほしい。共に戦い、リブラルカを止めてくれ。そして娘を救ってくれないだろうか？」

先代魔王は俺に懇願する。人間である俺に、頭を下げようとしていた。それをルリアナが止めるように言う。

「父上！　こいつは人間じゃ！　人間の力なんて必要ない！」

「いいや、彼の力がなければお前は負ける。私の見た未来を変えるためには、彼の力が必要なんだ」

「で、でも……」

ルリアナは納得できないだろう。俺に父親の力が宿っているとしても、いきなりそんな話をされて、じゃあ仲良くしようなんてできない。

俺は人間で、彼女は悪魔。俺は勇者パーティーの一員で、彼女は魔王の娘。本来、こうして話をしていることが不自然なのだから。

「ルリアナ、お前の母さんはね？　人間なんだよ」

「……え」

「ずっと黙っていてすまないね。これを知られると、お前を危険に晒すとわかっていた。アリシアにも、言わなくて良いとお願いされていたんだ」

サタグレアは続けて語る。

アリシアというのは彼女の母親の名前だった。彼女の母親は、彼女が物心つく前に亡くなっている。ルリアナもおぼろげにしか、母親のことを覚えていなかった。

「つまり彼女は、人間と悪魔の混血？」

「そうだよ」

「母上が……人間？　で、でも父上は魔王城に人間は入れちゃダメだって！」

「ああ、それも自分で破っていたんだよ。アリシアが人間だと知っているのは、私とごく一部の者だけだ。セルスさんもその一人だよ」

「爺が？」

「そうだ。元々彼が、森の中で怪我をしていたアリシアを見つけてくれたんだよ」

出会いは偶然だった。未来視など使っていない。ただの偶然で、二人は出会い、恋に落ちた。

悪魔の中には人間を見下している者も少なくない。

アリシアは正体を偽り、魔王城で暮らしていた。決して楽な毎日ではなく、危険と隣り合わせだった。それでも楽しかったと、最後までいつも笑顔で話していた。

「そうしてお前が生まれたんだ。お前は小さかったから、あまり覚えていないかもしれないけど、泣いているお前を彼女が抱くと、すぐに泣き止んで嬉しそうにしていたね」

「……それくらい覚えてるのじゃ」

「本当かい？」

ルリアナが小さく頷く。

「顔は……わからないけど、温かくて気持ち良かったのじゃ」

「そうか」

サタグレアは嬉しそうにほほ笑む。

「アリシアはよく言っていた。いつか、人間と悪魔が一緒に暮らしても良い世界になってほしいと。自分たちのように、幸せになれる未来が来ることを願っていた。私も同じ気持ちだったよ。種族の違いがなんだ。そんなもの……愛し合ってはいけない理由にはならない。だが、人間と悪魔は敵同士……それが世界の常識になっている。だから変えたいと本気で思ったのは、ちょうどお前が生まれた時だ」

「妾が？」

「そうだよ。生まれてくるお前が、何より幸せになってほしかった。人間だろうと、悪魔だろうと関係ない世界なら、堂々と生きられる。隠すことも、偽ることも必要ない。そのためにはまず、悪魔たちの認識を改める必要があった。結局それも失敗してしまったが……」

サタグレアは悲しそうな顔を見せた後、決意したように俺を見る。

「エイト、もう一度改めてお願いする。リブラルカを止めてくれ。彼を止めなければ、取り返しのつかない所まで行ってしまう。どちらかが滅びるまで戦い続けてしまう」

サタグレアは頭を下げて言う。ルリアナも止めない。悔しそうな表情は変わらないようだけど。

「君にとっては、勝手に選ばれてしまっただけだ。私の問題に巻き込んでしまって申し訳ないとも思う。私のことは恨んでくれても構わない。だが、どうか……」

必死に頭を下げてお願いする姿。以前にも、似たようなことがあったな。今度は先代魔王、悪魔たちの王様だぞ。

「そんな風に言わないでください」

巻き込んでしまったなんて、言わないでほしい。申し訳ないと思わないでほしい。

「俺は……今日までいろんな人に感謝してもらえました。誰かを助けたり、一緒に戦えているのは、この力があったからです。もしも選ばれていなければ、俺はみんなと出会うこともなかったでしょう。今の俺があるのは、貴方が選んでくれたからだと思います」

今まで何度も、この力に助けられてきた。力に頼らなければ切り抜けられない場面もあったし、助けられない命もあっただろう。

「だから、恩返しをさせてください。俺を支えてくれた力が、貴方がくれたものだというのなら、今までの分を、貴方に返したい。俺の方からもお願いします。俺に——貴方の夢を、手伝わせてください」

そうして俺も頭を下げた。今の俺は、感謝しかしていない。

「ありがとう」

頭を上げると、彼はホッと胸を撫でおろして言う。

「君に力が届いてくれたことを……心から嬉しく思うよ」

サタグレアは優しく微笑む。

「選ばれたのが君で良かった」

亡き父の姿と重なって、心に響く。

滅相もない。俺の方こそ、貴方に選ばれたことを誇りに思う。

今まで俺を助けてくれて……ありがとう。

サタグレアの身体が光り出す。淡く光る粒子になって、ゆっくりと崩れていく。

「父上！」

「ああ、すまない。そろそろ時間のようだ」

彼がそう言うと、空間そのものが震動し、崩壊を始めた。ルリアナが彼の身体を掴んで叫ぶ。

「嫌じゃ……嫌じゃ父上。せっかくまた会えたのに……もうお別れなのか？」

「……ああ」

サタグレアはルリアナの頭を撫でながら言う。その微笑みは切なく、悲しそうに見えた。

「本当のことを言うとね？　お前に会うつもりは……なかったんだよ」

「え？」

「この本の解除に必要なのは、私の力を受け継いだ彼だけだ。この機会は元々、彼に全てを伝えるために用意したものだから」

「父上は……妾に会いたくなかったのか？」

「会いたかったさ。娘に会いたくない父親がどこにいる？　でも……でもね？　会えばどうしたって、後悔が膨れ上がってしまうから」

サタグレアの瞳から、涙がこぼれ落ちる。ずっと笑顔を保ち続けていた彼は、最初から我慢していたんだ。

最愛の娘ともう一度会えたことを、心から喜びたかった。残された時間の短さを理解していて、感動に浸りたい気持ちを押し殺し、俺に真実を伝えてくれた。そんな彼の涙を見てしまったら、俺まで涙ぐんでしまう。

「ごめん、ごめんねルリアナ。お前を一人にしてしまって、ちゃんと傍にいてあげられなくて」

一度こぼれてしまったら、滝のように感情が流れ落ちる。もう、彼自身も抑えられないほどに。

「ずっと一緒にいたかった。お前が大きくなるまで、傍で見届けてあげたかった」

「父上ぇ……ちちうえ」

「ごめん、ごめん……そんなことすらできない私が、今さら父親面するなんておこがましいとわかっている。それでも最後に言わせてほしい」

ルリアナが顔を上げる。互いの目が合い、サタグレアは精一杯の笑顔で言う。

「どうか、幸せになってくれ。復讐ばかりに囚われないで、お前自身の幸せを掴むために生きてくれ。それが私の……いいや、私たちの願いなんだ」

私たち――父と母。

おぼろげだった母親の笑顔が、父の笑顔の隣に映る。ルリアナの涙は、さっきよりも大きくなって流れ落ちる。言葉はなく、涙を拭うように、父親の胸に顔を当てる。サタグレアも、娘の存在を噛みしめるように、彼女を抱きしめていた。身体はすでに、半分が消滅していた。

「エイト」

「はい」

「こうして、君たちが二人で私の前に来てくれた時、私は確信したんだ。人間と悪魔は共に歩くことができると。だから頼む。私とアリシアの……世界中の者たちが願う未来を、掴んでくれ」

「は、はい！　必ず証明してみせます。あなたの選択が間違いじゃなかったことを、貴方の力で世界に示します」

俺の瞳から流れる涙も、気づけば止まらなくなっていた。

「ありがとう。それと、娘のことも――」

頼む。

そう、最後に聞こえた気がした。淡い光に包まれて、真っ白な世界は消えていく。

優しい笑顔と共に。眩しさに目を瞑る。次に目を開けた時、俺とルリアナは本の前に立っていた。

本棚に囲まれた魔王だけが入れる部屋。魔王の娘であるルリアナと、先代魔王の力を宿した俺。

二人とも、涙で前が見えなかった。しばらく俺たちは、じっとその場で立ち尽くしていた。涙が止まるまで待っていたとも言える。服の裾で涙を拭い、受け取った言葉を思い返す。

「ルリアナ」

「……言わんでもわかっておるのじゃ」

「……一緒に戦おう」

「言わんで良いと言ったぞ」

「うん。でも、ちゃんと言いたかったんだ」

彼女も同じように服の裾で涙を拭う。俺よりもたくさん泣いたから、目の周りが真っ赤だ。

「それで答えは？」

「戦うに決まっておるじゃろ」

「そう。良いのかい？」

「当たり前じゃ。父上からのお願いじゃぞ？　無下にするような妾ではないのじゃ」

「うん……そうだね。俺も恩返しをしなきゃ」

「みんなの所へ行こう。話さなくちゃいけないことが増えた」

「そうじゃな」

余韻を感じつつ、俺たちは部屋を出た。扉を潜ってすぐに立ち止まる。

「どうしたのじゃ？」

「いや、そういえば道に迷ってここに来たんだよね」

「そうじゃったのか」

「うん。悪いけど、みんなといた部屋まで案内してくれるかな？」

「……」

「ルリアナ？」

彼女は俺のことをじとーっと見つめていた。

「そういう所も似ておるのじゃな」

「え……お父さんに？」

こくりと頷いて続ける。

「父上も初めて行く場所では……よく迷子になっておったのじゃ」

「そうなんだ。意外だな」

先代魔王が方向音痴か。彼のことを知らなければ、信じられないで終わるけど、今は人間味を感じる。

「エ、エイト」

初めて名前を呼ばれた。

「どうしたの？」

「その、最初……受け止めてくれてありがとうなのじゃ。あとパンチしてごめん」

「ああ、そのこと。別にいいよ、気にしてない」

少し時間が空いてしまったけど、ちゃんと謝ってお礼も言える。この子はとても良い子なのだろう。いや当然か。あれだけ優しい父親に育てられたのだから。俺は小さく笑う。

「じゃあ行こう」

「あっ、待つのじゃ」

ルリアナが俺の服の裾を掴んでいる。まだ話したいことがあるのだろうか？

「どうしたの？」

「そっちじゃないのじゃ」

「あ……ごめん」

ちょっと恥ずかしい。

3. 反転騎士モードレス

俺たちが部屋に戻ると、セルスさんが食事を準備して待っていた。部屋の中は美味しそうな香りで満ちていて、他のみんなが食欲を抑えながら座っている。

「あらエイト、遅かったわね」

「ねぇ見て見てエイト君！　すっごく美味しそうだよ！」

アレクシアのテンションが高い。テーブルに並んだ、この古びた城には似つかわしくないほど豪華な食事のせいかもしれない。

「これ全部セルスさんが？」

「はい。本日は皆さまもご一緒されるので、いつも以上に気合いが入ってしまいました」

「そうなんですね」

とか言いながら、たぶん本命はルリアナのご機嫌を取るためだろうな。

セルスさんの視線が、さっきからルリアナを気にしている。

「爺」

「はい」

「さっきはすまなかったのじゃ」

「ルリアナ様？」

「妾は決めたぞ。エイトたちに協力するのじゃ！」

一同がルリアナに注目する。俺から言うつもりだったけど、先を越されてしまったな。

「そ、それは……何かあったのですか？」

「父上に会ったのじゃ」

「なっ、サタグレア様に？　一体どういう？」

いつも冷静さを保っていそうなセルスさんが戸惑っている。

ルリアナがさっきの出来事を説明し始めた。頑張って伝えようとしていたけど、彼女は説明が得意じゃなくて要領を得ない。俺も時々解説をして、最後まで伝えた。

「そのようなことが……」

「うむ。爺は知っておったそうじゃな？　母上のことを」

「はい……申し訳ありません」

「謝る必要などないのじゃ。知っておったのに、妾のことを守ってくれていたのじゃろう？　なら妾は感謝しかないのじゃ」

「ルリアナ様」

どこかで聞いたようなセリフだな。俺と目が合ったルリアナは、恥ずかしそうにプイとそっぽを向く。それからユーレアスさんが話し出す。

「死に際に自分の力を切り離す。自分の意識も切り離して、本の中に閉じ込める……か。もうむちゃくちゃだね！　さすが魔王だ」

「本当にそう思いますよ」

「うんうん。でも、一番驚いたのはエイト君のことだね」

そう言ってユーレアスさんがニヤリと笑う。

「まさか君の中に、先代魔王の因子があったとは」

「ええ」

「ね、ねぇ、エイト君の身体は大丈夫なの?」

「大丈夫だよアレクシア。俺は何も変わっていない。ただ知っただけだ」

「そ、そっか……」

アレクシアがホッとしている。俺はみんなに向けて言う。

「皆さん、俺もルリアナに協力したいです」

「待てエイト」

「アスランさん?」

「お前の状態はわかった。先代の最期も。だがそいつは魔王だ。嘘を言っていないと信じられるのか?」

「はい」

「即答しやがったな」

驚いたアスランさんは続けて尋ねる。

「根拠は?」

「俺がそうだと確信しています。俺の中には彼の力がある……何度も助けられてきた力が。だからわかるんです。彼が本気で、人間と悪魔の共存を望んでいたことを。そして、娘のことを何よりも大切に思っていたことが」

「……そうか。なら良い」

　あっさりと受け入れてくれた？

「先代魔王のことは知らないし、会ったことないからわからん。だけど、お前の言葉なら信用できる。お前はその力に助けられたって言うけど、俺たちはお前に何度も助けられたんだ。そのお前が大丈夫と言うなら、きっと大丈夫なんだろう」

「アスランさん……」

「ふっ、お前らもそうだろ？」

　アレクシア、レナ、ユーレアスさん、フレミアさん。

　全員が頷く。それからアレクシアが勢いよく立ち上がって言う。

「よーし！　勇者パーティーと魔王の共同戦線だね！」

「ああ」

　人間と悪魔。勇者と魔王。大昔から戦うことが宿命づけられた間柄。

　互いに殺し合い、否定し合う関係にあった両者が――

「これ美味しいよ！」

「当然じゃ！　爺の料理は世界一じゃからな！」

「もったいないお言葉です」

　一つのテーブルで食事をしている。昔の人たちが見たら、何かの間違いだと思うかもしれない。

「こんなに美味しいごはん食べてるのか～。ルリアナちゃんが羨ましいな～」

「そうじゃろそうじゃろ！　アレクシアはなかなか見る眼があるな」

「早々に打ち解けたわね、あの二人」

「そうだね」

アレクシアとルリアナ。二人は相性良さそうだと思ったけど、打ち解けるのは一瞬だったな。

記憶に残る体験を一緒にした俺が、今は置いていかれている気分で少しもやっとする。

「ねぇねぇ！　ルリアナちゃんっていくつなの？」

「いくつ？」

「何歳なの？」

「失礼ですがアレクシア殿、我々悪魔に生まれてからの年数を数える習慣はありません」

「そうなんですか？」

「はい。ですがルリアナ様がお生まれになった日から数えると、今で十と二ヶ月になります」

十歳だったのか。見た目通りの年齢だ。

「十歳か〜。じゃあボクの方がお姉さんだね！」

「む、そうなのか？」

「うん！　ボクのことアレクシアお姉ちゃんって呼んでも良いんだよ？」

「そ、それは嫌じゃ」

「えぇー、どうして？」

「は、恥ずかしいじゃろ……お姉ちゃんとか」

顔を赤くして照れるルリアナに、アレクシアはキュンとしたのか、唐突に抱き着いた。

「な、なんじゃ！」

「可愛すぎるよぉー」

「は、離れろぉ～」

「アレクシア、食事中は暴れない」

「あ……ごめんなさい」

ユーレアスさんに注意されて、アレクシアがシュンとなる。やれやれと笑いながら、安心感に包まれる。食事は楽しく賑やかに終わり、お腹が一杯になった俺たちは話し合いをすることにした。

先ほどまでの和やかな雰囲気とは打って変わり、真剣な表情で向かい合う。

「魔王城までは徒歩で最短二十日前後だ。決して余裕のある日数じゃないし、明日には出発した方が良さそうだね」

「お待ちください皆さま。あまり急いては思わぬ所で足を掬われます。ここは慎重に、念入りに準備して向かうべきでは？」

「そうしたいところですが、悠長に構えていると破壊兵器が使用可能になってしまいます」

「破壊兵器？」

どうやら二人は、現魔王が所持している破壊兵器について知らなかったようだ。

ゲーデでインディクスから聞いた情報を二人にも伝える。

「なんと、そのようなことになっていたのですね……」

「はい。だからなるべく急がないと」

残りの幹部は二人。今までも苦戦を強いられてきた。

残りの二人も簡単に突破できるとは思っていない。

あちらは兵器の使用可能まで時間が稼げれば良いわけだし、余計にこちらは急がなければ。

「それなら良い方法があるのじゃ！」

と、ルリアナが元気よく手を挙げる。俺がそれに反応する。

「良い方法？」

「そうじゃ！　要するに早く奴の城まで行ければ良いのじゃろう？」

「ああ」

「ならばこの城で向かえば良いのじゃ！」

俺を含む勇者パーティーの全員が首を傾げた。見せてやるから付いてきてほしいと言われ、俺たちはルリアナに付いて部屋を出る。向かった先は、城内の魔導設備を管理する部屋だった。そこには初めて見るような魔導具が設置されていて、入った途端にユーレアスさんが興奮し出す。

「なんだなんだいこれは！」

「魔王城の飛行機能を制御するための魔導具です」

「飛行機能？　この城飛ぶのかい？」

「はい。元は空中に浮かぶ城でしたので」

ユーレアスさんの表情から言葉にならない感動が伝わる。

城が空を飛ぶ。これだけの物量を浮かせるなんて、俺たちの常識ではありえないことだった。

「ど、どうやったら飛ぶんだい？」

「起動して魔力を流せば浮かび上がります。ただ……」

「ん？」

「見ていただいた方が早いですね」

そう言ってセルスさんが魔導具を動かす。どういう意味なのかは、すぐにわかった。魔導具を起動させた直後に城が揺れ始める。

「こ、この揺れは」

城の近くに来た時と同じ。あれはこの城が起こしていた揺れだったのか。だが、すぐに揺れは収まってしまった。

「やはりダメですね」

「どういうことです？」

「実は、この機能は壊れてしまっているのです」

セルスさんが言うには、現魔王との戦闘時に城が落とされて以来、起動しても震動が起こるだけになってしまったそうだ。魔力不足ではないかと考え、俺たちも協力して魔力を注いでみた。

ルリアナはそれで解決すると思っていたらしく、提案した時はノリノリだったが、結局魔力を注いでも機能しなかった。

「ぅ……駄目じゃったか」

「ユーレアスさん、直せませんか？」

「うーん、僕は魔導具に関してはそこまで詳しくないからね～……あっ！」

奇しくも同じタイミングで、同じことを思いついた。

「直せそうな人なら、心当たりあるよね」

「そうですね」

人ではなく、悪魔だけど。

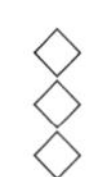

「……」

「どうだい？　直りそうかい？」

「……この程度なら一日もあれば直せるよ」

「そうかそうか。さすがインディクス、予想通りで助かるよ」

「私は予想外だったがね。まさかこんな雑な理由で駆り出されるとは……」

魔王城の飛行機能を直すために、ゲーデまでひとっ走りしてインディクスを連れてきた。

俺たちが知る限り、彼以上に魔導具に詳しい者はいないだろう。

「雑なものか。魔王城の機能だよ？　君だって興味あるんじゃない？」

「馬鹿を言え。こんなもの旧世代の遺物に過ぎん。私にとっては取るに足らない」

「なんじゃとお前！　妾たちの城を馬鹿にしておるのか！」

「馬鹿にはしていない。興味がないだけだ」

「なんじゃと～」

グルグルと犬のように唸るルリアナと、それを無視して修理を続けるインディクス。この二人は相性が悪そうだな。

「まぁまぁ落ち着いて」

「なんなのじゃエイト。こんな奴に任せて大丈夫なのか？」

「大丈夫だと思うよ？」

「むぅ～」

「というより、ルリアナはインディクスのこと知らなかったの？」

「こんな失礼な奴など知らんわ！」

城のことを悪く言われたルリアナは、プンプン怒ってそっぽを向いてしまう。

二人の仲を取り持つのは難しそうだ。悪魔同士の方が仲良くできないなんて皮肉だと思った。すると、インディクスがぼそりと言う。

「私も先代の娘など知らなかったな。そっちのご老人は……まぁ知らない仲ではないか」

「セルスさんと？」

「ええ。以前、彼を我々の城へ招待したことがありました。その際に一度だけ、お話をさせていただく機会がありました」

「じゃあインディクスも、元はこの城にいたってこと？」

「いいえ」

セルスさんが先に否定した。続けてインディクスが作業の片手間に言う。

「私は断ったからな」

「え、断ったの？　どうして？」

「待遇はともかく、理由が相容れなかった」

「理由？」

「そうだ。ここに生きる悪魔たちのために、その力を貸してほしい。確かそう言われたと思うが？」

「はい」

俺は良い理由だと思った。ただ、インディクスには伝わらないだろうとも思った。

彼は魔導具のことしか興味がないし、自分が作りたい物を優先するからな。

「他者のためになどくだらない。私は私のためにしか動かない。だから断ったのだ。環境と資金は用意するから好きにやってくれ、とでも言われたら断らなかっただろうな」

「……つまり、リブラルカにそう言われたのですね」

「ああ。だから協力していた。もっとも、それも数日前までの話だ」

「……信用してもよろしいのですね？」

「勝手にすれば良い。私は私の利益を追うだけだ」

二人の間に険悪な雰囲気が漂う。ルリアナよりも、こっちの二人の方が仲良くできない気がした。

ピリピリした空気を保ちながらインディクスは作業を続ける。

セルスさんは監視のためと言い、作業している彼をずっと近くで見張っていた。俺たちはその空気に耐えられなくて、しばらくそっとしておくことに。


翌日——

「終わったぞ。これで正常に作動する」

「本当か？　本当じゃろうな？」

「試してみれば良い」

「良いじゃろう。もし駄目じゃったらお前を城の下敷きにしてやるのじゃ」

「そうか。ならば無事に飛んだ場合は、何をしてくれるんだ？」

「うっ……それは……」

何も考えていなかったのだろう。ルリアナは目を逸らした。

「ふん、冗談だ。君のような子供に何も期待していない」

「うぅ……馬鹿にしおって……」

「そんなつもりはないが、そう思うのなら自覚があるということだな」

「むぅう……エイト！　こいつを黙らせろ！」

「えぇ……」

「なんじゃなんじゃ！　お前までこんな奴の味方をするのか！」

あーもう、収拾がつかなくなる。口でインディクスに勝てないルリアナは、俺の言霊に頼ろうとしているみたいだ。もう少し落ち着いてくれないだろうか。

「インディクス、あまりルリアナをからかわないでほしいな」

「ふんっ、そちらが突っかかってこなければな」

「もしかして子供って苦手？」

「得意なように見えているのであれば、両目の交換を勧めるぞ」

ですよね。

「もう良いから始めなさいよ」

痺れを切らしたレナがそう言い、インディクスが小さくため息をこぼす。魔導具の制御盤に触れ、魔力を循環させる。初めて見た時とは明らかに起動時の音が違う。ガタガタとうるさかったのが、今はとても静かだ。

「浮上の際に少々揺れる。何かに掴まっていることを勧めるよ」

「じゃあボクは」

「私も」

アレクシアとレナが俺の腕に抱き付いてきた。

「なんで俺に掴まるの？」

「安心するから？」

「安全だから？」

「俺は柱じゃないんだけど……」

城が浮上を開始する。揺れはほんの少しだけで、掴まらなくても耐えられる程度だった。壁に張り付けられた大きな板に、外の映像が映し出される。それを見てアレクシアが興奮気味に言う。

「浮いてるよ！」

「ああ」

「成功だな」

「むぅ……」

ルリアナは悔しそうだ。と、そんなことを思った瞬間——

城に衝撃が走り、地面に墜落した。突然の衝撃は上から。激しい揺れで一瞬、身体がふわりと浮く。直後に下からの衝撃が起こって、身体を床に叩きつけられる。

「ぐっ……」

「ルリアナ様！」

「だ、大丈夫じゃ……それよりなんじゃ！　やはり直っていないではないか！」

「違う」

インディクスがハッキリと否定した。そう、違う。今のは故障ではない。おそらくルリアナ以外は気づいている。

「装置は直っている。何かが落下した衝撃で、城ごと落とされた」

「な、落下じゃと？　一体何が――」

ようやく彼女も気づいたようだ。なぜ気づかなかったのかと、自分の感覚を疑うかもしれない。

邪悪にして強大。押し潰されそうなほどの圧を、対面していない今でも感じ取れる。

「な、なんじゃこれは……」

「外に出よう。ここでは一網打尽だ」

ユーレアスさんの提案に頷き、俺たちは全員で城の外へと走った。

まっすぐ正面に向う。門があった場所に、それは立っていた。いや、立っていたという表現は正しいのだろうか？

脱ぎ捨てられた剣と鎧――

「反転騎士モードレス」

「あれが？」

「ああ、そうだ」

インディクスが肯定した。彼からもらった情報に、その名前はある。

魔王軍幹部の一人にして、白兵戦最強と謳われる猛者。

そして――

「インディクス」

「やぁ、久しぶりだね？　モードレス」

「久しぶり、久しい、ああ……久しいな」

「何をしに来たんだい？」

「決まっている。決めている。貴様を、裏切り者を斬るために、私は、俺は、我々は裏切りを許さない」

独特な話し方だ。何人かが同時に話しているような、混ざり合っているような感じがする。聞き取り辛くて、わかりにくい。ただ、ハッキリと伝わるのは――

「怖いね」

「ああ」

アレクシアが口にするほどの恐怖だ。あの鎧騎士からは、どす黒く底知れない憎悪が漏れ出ている。漆黒の鎧と禍々しい形をした剣が、よりいっそう恐怖を煽る。

「ふっ、裏切りを許さない……か。君がそれを言うのかい？」

「私は、俺は、我々だからこそ言えるのだ。僕は、裏切りの果てに生まれた。だから、故に、私はお前たちを許さない。斬る、斬る、斬る」

モードレスが剣を握り、俺たちに切っ先を向ける。灰色の柄と漆黒の刃。装飾はさび付き、剣を収める鞘はない。

「インディクス、あれが本当に……聖剣だったのか？」

「そうだ。渡した資料にもそう書いたはずだ」

資料の内容を思い返す。魔王軍幹部の一人、反転騎士モードレス。その正体は――

「あれはかつての勇者が所持していた聖剣と、身に着けていた鎧の成れの果てだ」

モードレスは、元勇者の遺物。何百、何千年前から、勇者と魔王は存在していた。

互いの命に刃を突きつけ合った。何度も、何度も、何度も戦って、殺され殺し合い続けた。

新たな魔王が誕生すれば、また新たな勇者が選ばれる。その繰り返しで、聖剣と鎧も代々次の勇者へ継承されていった。

「聖剣と鎧には、かつて勇者だった者たちの力が蓄積されている。それが徐々に大きくなり、次の勇者の助けとなった。しかし力と一緒に、勇者たちの後悔や無念、怒りや絶望も蓄積されていた。やがて感情と力は混ざり合い、溶け合って一つの人格を生み出した。それが奴だ」

人間のために戦った勇者たち。その最期はいつも、助けた人間たちによる裏切りだった。

当時のことは詳しくわからないが、今よりも殺伐としていて、国という形すら曖昧だったようだ。

世界を救った英雄は絶大な支持を得る。

それを快く思わなかった権力者によって、勇者は暗殺された。

今では信じられないことだけど、実際に行われていた。結果、彼のような存在を生み出した。

人間を恨み、憎み、否定する存在。あれはかつて勇者だった者たちが残した負の感情。その化身と呼べるだろう。

「死霊の類ではない。あれに通じるのは、よどみなき聖剣の力だけだ」

「アレクシア」

「うん、わかってる」

アレクシアが聖剣を抜き、モードレスに向かう。互いの剣がぶつかり、鍔迫り合いになる。

「お前はボクが止める!」

「剣、聖剣……勇者! 勇者か!」

「そうだよ! お前だってそうだったんだろう!」

「ゆうしゃ、勇者、ゆうしゃあああああああああああ」

モードレスは激昂して、アレクシアを力で吹き飛ばす。

アレクシアは空中で受け身をとって着地する。

「勇者、お前は間違っている。人間は醜い、裏切る」

「間違ってなんかいない! ボクは信じている!」

「違う、間違いだ。お前も裏切られる。俺のように、私のよう、僕たちと同じ」

「そんな世界にはしないよ。ボクが、ボクたちがさせない!」

アレクシアを中心に、俺たちはモードレスに挑む。

俺の言霊で危ない時は動きを止め、隙は他のみんなが作る。

フレミアさんの回復もあるから、致命傷さえ受けなければ死ぬことはない。

問題があるとすれば、俺たちの体力がどこまで保つのか。

「まず間違いなく、あれに体力なんて概念はないだろうね」

「でしょうね。もう一つ言えば、魔力の総量も底が知れませんよ」

「ああ」

後衛で援護する俺とユーレアスさん。距離が遠い分、前衛で戦うアレクシアたちより冷静に分析できる。そして分析するほどに勝ち筋が消えていくのが一番困る。

「時間をかけるほど不利になる。とはいっても、無策で挑めば死ぬだけだ。エイト君、喉はまだ平気かい？」

「ええ。まだ大丈夫です」

「無駄撃ちしちゃだめだよ。君の力は、僕らが死なないためにも不可欠だ」

「わかってます」

止める以上の強力な言霊は使わない方が良さそうだ。

無駄になる可能性が高いし、先に俺の喉が潰れたらみんなを守れない。ただ現状、押されているのは俺たちの方だ。せめてもう一手欲しい。

◇◇◇

「戦況は膠着状態に近いな」

アレクシアたちの戦闘を傍観するインディクス。その傍らには彼を見張るエリザと、先代魔王の娘ルリアナと彼女に仕えるセルスの姿もあった。セルスは眉を顰めて戦いを見つめる。

「ルリアナ様、私も彼らの援護に入ります。おそらくこのままでは勝てない」

「待つのじゃ爺！　それなら妾も」

「なりません」

セルスは力強く否定した。ルリアナはびくっと身を震わせる。

「お言葉ですが、ルリアナ様があの戦いに入れば間違いなく殺されます」

「じゃ、じゃが……」

「まるで自分は殺されないような言い方だな」

二人の会話に口を挟んだのはインディクスだった。セルスは彼を睨む。

「どういう意味でしょう？」

「そう睨まないでくれ。私は可能性を口にしたまでだ」

「……私は殺されると？」

「その可能性は高いだろうな。いや、君に限った話ではない」

話しながらインディクスはモードレスとの戦いに視線を向ける。

「見ての通り苦戦している。手が足りないのは事実だ。その理由は彼らが庇い合っているからだ。犠牲を前提で戦えば勝てるものを、わざわざ不利な方法を選択している。まったく理解できない」

「……何人ですか？」

「ん？」

「貴方の予測では、何人の犠牲が必要ですか？」

「爺？」

不安そうにセルスを見つめるルリアナ。インディクスは悩むことなく答える。

「最低でも一人は犠牲になるだろう。無論、要である勇者以外の誰かだ」

「なるほど」

「その犠牲に自分がなるつもりか？」

「必要とあらばそうしましょう。元より枯れかけの命です」

「だ、駄目じゃ！　絶対に駄目じゃぞ爺！」

慌ててセルスの服の裾を掴むルリアナ。セルスはそんなルリアナを諭すように言う。

「ご安心ください。最初から死ぬつもりはありません。ただ私にとってはルリアナ様の命が最優先。そして魔王を倒せる彼らを見殺しにはできない」

「爺……約束じゃぞ！　絶対に死ぬな！　誰も死なせるな！」

「かしこまりました」

セルスは剣を抜き、モードレスとの戦いに参戦する。

「セルスさん！」

「遅くなりました。私もこれよりご助力いたします」

「ありがとうございます！」

彼の実力を身をもって体感している彼女たちにとって、彼の参戦は待ちに待ったものだった。

セルスが加わったことで戦況が安定する。ただし一時的なもので、底なしの力を前に、徐々に戦況は不利へと傾く。

インディクスの発言は正しかった。彼らは犠牲を前提にしていない。庇い合い、倒すことよりも、互いが死なないことを優先している。それでは一歩どころか十歩以上足りない。

「……」

セルスの最優先はルリアナの生存。と同時に、彼女の心身も気にかけている。

自分が死ねば、彼女は心に深い傷を残すだろうとわかっていた。だから踏み切れずにいた。それでも、失ってしまうよりは良いと、諦めたようにため息をつく。

「セルスさん？」

「爺！」

セルスが真正面からモードレスに向っていった。

無謀とも思える突撃に驚く一同と、心配そうな顔で名前を呼ぶルリアナ。

「私が隙を作ります！　皆さんはその隙を――」

命がけの特攻。それをあざ笑うかのように、モードレスの茨が周囲を覆う。

「なっ、ごほっ……」

「爺！」

「セルスさん！」

茨がセルスの腹を貫く。一本一本は細いが、鋭い棘が肉を抉る。危険なのは彼だけではない。茨は四方に広がっている。アレクシアたちも吹き飛ばされ、散り散りになって地面に倒れ込む。

「くっ……」

「勇者ぁ、お前は、君は、ここ、ここで死んだ方が幸せだよ」

「『止、まれ』」

言霊によって僅かに動きを止めたが、アレクシアも傷が深い。一瞬では逃げられなかった。

「くそっ……アレクシア」

「まだ……です」

セルスがアレクシアの前で立ち上がる。

「駄目じゃ……駄目じゃ爺」

ルリアナの瞳が潤む。

決死の覚悟を決めるセルスを見て、彼の死が脳裏に過る。仲間たちも倒れ、フレミアの治療も届かない距離だ。

「嫌じゃ……せっかく会えたのに、妾は、妾は」

その繋がりを失いたくない。彼女の思いに、奥底で眠っていた力が応える。

「な、なんじゃ？」

世界が白黒になり、全てが静止している。誰も動かない。自分だけが自由に動ける。ルリアナは困惑して辺りをぐるっと見渡す。

「何が起こって……」

――力だ。

彼女の耳にだけ声が聞こえた。その声は懐かしく、誰かに似ていた。

「父上？　似てる……でも違うのじゃ。誰じゃ！」

――私は力だ。

「力じゃと？」

——そう。私は眠っていた。君の中で眠っていた。呼び起こされたんだ。叫びを聞いて、奮い立ったんだよ。

「何を言っておるのじゃ？」

——助けたいのだろう？　力が欲しいと願ったのだろう？

「——そうじゃ！　妾は爺を助けたいのじゃ！　みんなも！」

ならば私を使うと良い。

優しい声と共に、ルリアナの左胸が光り出す。

——私は君の力だ。君と共にあり続けた——魔王の特権。

「魔王の特権？」

胸の輝きが強まっていく。ルリアナは自身の中で湧き上がる力の渦を感じながら、最後の声に耳を傾ける。

——心して使いなさい。君は魔王——支配者だ。

負傷したアレクシアを守ろうとするセルスさんがいる。

情けない。こんな時、彼女を守るのは俺でなくてどうする？

「くそっ……」

茨の攻撃からみんなを守るために、言霊を広範囲に使ってしまった。

お陰で喉が潰れている。フレミアさんが必死に治療している。自分も傷を負っているのに、構わず俺を回復させようとしてくれていた。

他の皆も、アレクシアたちを守ろうと立ち上がる。フラフラで、血を流しながら。でも、間に合わない。諦めかけた瞬間、地響きが鳴る。

モードレスが地面に押し潰され、両手両ひざをついて這いつくばる。

「こ、これは……」

「爺は妾の家族で、みんなは妾の友人じゃ」

「ルリアナ……様？」

赤黒い髪は白く、瞳の色はより赤く。全身から漏れ出す魔力がオーラのようにハッキリと見える。他者を圧倒するほどの魔力量。そして、鋭き眼光――

「不敬じゃぞ」

「そのお姿は……魔王様」

「遅くなってすまなかったのじゃ、爺」

「遂に……遂に特権を発動されたのですね」

「うむ。どうやらそうらしい」

魔王の特権。先代から聞いた話によれば、魔王になる者は、それぞれ特権と呼ばれる強力な能力を持っているという。魔王とは支配者。その特権も、支配の形の一つ。

「ぐぉ、おおおおおおあああああ」

「うるさいのじゃ。下がれ」

モードレスが吹き飛ぶ。さっきは押し潰す力で地面に縫い留め、今度は弾くように吹き飛ばした。

先代魔王の支配力は、空間に特化していた。周囲の空間を支配して、自分だけの新しい異空間を生み出す。言霊も、言葉による支配の形。そして、ルリアナの場合。支配力が向く先は――重力。

「重力操作。それが彼女の特権か」

この世に生を受けた瞬間から、全ての生物は重力に抗っている。ルリアナはその力を支配し味方につけた。モードレスが立ち上がる。その様子を見ていたインディクスが、ぼそりと呟く。

「ふむ。どうやら訂正しなくてはならないようだな」

「何がですか？　元マスター」

「元か、まぁ呼び方はどうでもいい。私は彼らに、モードレスに対抗できるのは聖剣だけだと伝えた。だが、今となっては間違いだ。勇者に対抗できる力は……もう一つある」

勇者と対を成す存在……それは魔王。魔王の力に目覚めた彼女もまた、穢れた勇者に対抗できる存在となった。

「ここから先は妾に任せるのじゃ」

「しかし、お待ちください。ルリアナ様は力を発現させたばかりです。長く保てないでしょう」

「うむ。もってあと五分じゃな」

解放したばかりで不安定な力だ。彼女自身もそれに気づいていた。

「じゃが心配はいらん。妾はもう……一人ではない」

「――開門」

無数の剣が空を舞う。

「ありがとうございます。フレミアさん」

「いいえ。後はお願いしますね」

「はい」

フレミアさんの治療を終えて立ち上がる。

「信じておったぞ。父上に選ばれたお前が、立ち上がらないわけがないと！」

「ああ、そうだな。俺たちは託されたんだ」

力と想いを。こんな所で負けていられない。

「ちょっと、二人だけで話を進めないでくれるかな？」

「なんじゃ？　お前も動けるのか？」

「当たり前だよ。ボクは勇者なんだから」

ボロボロになりながらアレクシアは立っていた。彼女は聖剣の力で肉体を活性化させ、治癒能力を高めている。セルスさんが庇い、ルリアナが時間を稼いだことで、徐々に傷が癒えていく。

「そうじゃったな。まさか……勇者と共に戦う日が来るとは……父上も思っておらんかったじゃろう」

「ボクだって考えたこともなかったよ」

「良いじゃないか。きっと……あの人は喜ぶと思うよ」

人間と悪魔が手を取り合う。勇者と魔王が共に立ち上がり、巨悪に立ち向かう。できれば直接見せてあげたかった姿だ。

「勝つよ！」

「ああ」

「当然じゃ！　足を引っ張るでないぞ！」

「そっちこそ」

勇者と魔王が互いの顔を見て、小さく笑う。こんな状況だというのに、どこか楽しそうで、思わずホッとしてしまった。そんな俺たちに構うことなく、モードレスが茨を伸ばす。全員を吹き飛ばした時と同じ量の茨が襲う。

「『止まれ』」

全ての茨がピタリと動きを止める。さっきより言霊の力が強まっている。

ルリアナが魔王の力に目覚めた影響なのか？

俺の中にある先代魔王の一部が、彼女の変化を感じ取って、共鳴するように力が湧き上がる。

「『聖属性』」

宙を舞う無数の剣に付与して、モードレスに剣の雨を降らせる。

聖剣ほどの力はないから、彼を倒すことはできない。だけど、力を削ぐことは可能だ。

それに……。

「なんだろう？」

不思議な気分だ。

今なら――なんでもできる気がする。

「『燃えろ』」

止まっていた茨に炎が灯り、一瞬で全ての茨に燃え広がった。炎はモードレスにも届き、苦しんでいるように見える。

「う、うおあ……燃える。燃えている？　なぜ、なぜだぁ！」

「やるなエイト！」

「凄い。こんなことまでできたんだね！」

「いや、できなかったよ」

「え？」

キョトンとするアレクシアに俺は言う。

「今、ようやくできるようになったんだ」

「そうなの？」

「ああ。俺もまだまだ強くなれるみたいだ」

そう思うと嬉しい。

「さぁ来るよ！　あれくらいで倒れる相手じゃないからな」

「妾に任せるのじゃ！」

ルリアナが宙に浮かび、モードレスの頭上に移動する。

炎を振り払うモードレス。強く地面を踏みしめようとした瞬間、モードレスの身体が浮く。

地面から足が離れたことで、力がスルリと抜け倒れる。そこへ今度は押し潰す重力をぶつける。

「このまま潰れてしまえ！」

「ぐ、ぐおおおおおおおおおおおおおお」

重力を自在に操れるのであれば、自身の身体を浮かせて飛ぶことも容易だ。そして彼女の力は、操るのではなく支配すること。浮かせられるのは自分だけではない。

周囲の重力を支配することで、モードレスを浮かせて落とし、文字通り手玉にとる。

「今じゃアレクシア！」

「うん！」

動けないモードレスは瞬時に新たな茨を生成。両手で聖剣を振りかぶるアレクシアは身構える。

『『散れ！』』

アレクシアに迫る茨が四方へ弾かれる。視界は良好、本体は動けない。反撃はない。

「行け、アレクシア」

「うん！」

聖剣の輝きが周囲を明るく照らす。その光はかつて勇者だった者たちの目にも――

「ああ、やっと……やっと終わる」

肉体のない鎧から、一滴の涙が流れ落ちた。

アレクシアは聖剣を振るう。輝かしい聖なる力が、穢れてしまった力を浄化していく。

ピキピキ――パキンッ！

漆黒の剣が砕け散る音が響く。それはかつて聖剣だった。彼女が今、手にしている剣と同じ。多くの人々の期待を背負い戦った勇者と戦友。

「ボクには……裏切られる悲しさはわからない。その辛さを分かち合うことはできないよ」

アレクシアは倒れた鎧に話しかけている。たぶん、モードレスにではない。

その中にいる大先輩たちに向けて話しているんだ。

「昔のことは知らないし、ボクは馬鹿だから難しいこともわからない。裏切られる……こともあるのかな」

「アレクシア」

「でもね！　それでもボクは最後まで戦うよ！　だってボクは勇者だから！　困っている人がいたら助けたいし、一緒に悩みたい。何もしないでいたら……そっちの方が後悔すると思う！」

アレクシアらしい言葉だ。そんな彼女の言葉に、鎧から声が返ってくる。

「それ……で、こそ……勇者だ……」

「うん！　ボクは勇者だよ」

今、この瞬間。彼女は大先輩たちから認められたのだろう。

「最後……に、頼む」

「え？」

「もう……抑え……ない」

鎧騎士からどす黒いオーラがあふれ出す。

「アレクシア！　一旦下がれ！」

「う、うん！」

あふれ出したどす黒いオーラはさらに膨れ上がり、抉れた大地に黒い沼を作る。液体のように濃い魔力だ。さっきモードレスから放たれていた力とは違う。もっと濃くて、嫌な感じがする。

それは雲が高く膨れ上がるように膨張して、影の巨人に変化した。

「な、なんじゃあれは！」

「巨人？　魔力の塊か？」

実態が掴めない。モンスターの類ではないし、悪魔とも違う気がする。感じる雰囲気から、近いものを探る。

「アンデッド？」

「まさか！　あんなアンデッド見たことないのじゃ！」

「俺だって初めて見るよ」

アンデッドというより、死霊というべきか。臨世で戦った時、一時的に魂を操った。その時の感覚に似ている。

「そうか……そうだったんだ」

「アレクシア？」

「何がじゃ？」

「モードレスの人格を作っていたのは、勇者だけじゃないんだ。聖剣で斬られた悪魔たちの恨みも一緒に詰まっていたんだよ。それが今……解き放たれたんだ」

そうか。

アレクシアの話を聞いて、モードレスの発言をいくつか思い出した。彼はアレクシアに対して、何度も憎いと口にした。冷静に考えればおかしな話だ。モードレスが裏切られた勇者たちの負の感情で形成されているのだとして、どうして同じ勇者である彼女に憎しみを向ける？

あの時、アレクシアを憎いと言ったのは勇者たちじゃなくて、勇者に敗れた悪魔たちの怨霊だったんだ。

「つまりあれは、悪しき魂たちなのですね？」

「フレミアさん！　傷は大丈夫なんですか？」

「ええ」

フレミアさんの後ろから、他のみんなも一緒に歩いてきていた。

「みんな！」

「アレクシアは頑張りすぎなのよ」

「えへへ、ごめんねレナ」

アレクシアは嬉しそうに笑う。レナの後ろには、セルスさんの姿もあった。ルリアナが気づいて声をかける。

「爺！」

「お見事でした。ルリアナ様」

「傷はもう良いのか？」

「はい。フレミア殿に治療していただきましたので。あれだけの傷を一瞬で治療してしまうとは、やはり聖女ですね」

「ふふっ、ありがとうございます」

ルリアナは安堵して、瞳から涙がこぼれそうになる。

「まだ終わっておらんのじゃな！」

「はい」

そう言って涙を拭う。

「なぁあれ、なんで襲ってこねぇんだ？」

「おそらくだけど、依代から切り離されて不完全なんじゃないかな？　それとインディクスから耳より情報も持ってきたよ！」

ユーレアスさんはそう言いながらインディクスを指さす。

みんなの視線が彼に向き、目が合ってつまらなそうに目を逸らす。

「あれは不純物が大量に混ざっているそうだ。純粋な霊ではない。だから聖属性じゃなくても、普通に攻撃して効果があるみたいだよ」

「なるほどな。そんじゃ遠慮なく行こうか」

「さっきはボコボコにされたし、ストレス発散させてもらおうかな！」

「動機が不純ね」

「いつものことですよ」

みんな平常運転。怪我は治っているようだし、やる気満々だ。

「よし。アレクシア、ルリアナも」

「うん」

「そうじゃな」

最後の一仕上げを済ませよう！

巨人が動き出す。と同時に、アスランさんが槍で足を貫き、レナがゴーレムを生成して押し倒す。

それぞれがやりたいように戦い、巨人を削る。時間的には五分もかからなかっただろう。見上げるほど大きかった巨人は、跡形もなく消滅した。

「ふぅ」

「今度こそ終わりだよ。ほら見て、鎧もなくなってる」

アレクシアが指さしたくぼみには、さっきまでモードレスの鎧が転がっていた。

それが今はなくなっている。これはただの予想だけど、モードレスは剣に勇者たちの後悔が、鎧に聖剣で斬られた悪魔たちの怨念が宿っていたのかもしれない。

「強敵だったな」

「当たり前だよ。世界を何度も救った人たちの力なんだから」

そう言って、アレクシアは下を向く。

「不安か？」

「……うん、少し」

同じ勇者たちの後悔を目にして、彼女の心は揺らいでいる。不安にならない方が難しい。魔王を倒した後の世界が、果たして本当に平和になるのか。

「もしかしたら……ボクも……」

「それはない。絶対にないぞ」

「エイト君？」

「俺が後悔なんてさせない。仮に世界中が敵になったとしても、俺はアレクシアの味方だ。ずっと」

「エイト君……」

「ちょっと、何一人で格好つけてるの？」

トンと軽く背中を押してきたのはレナだった。一緒にユーレアスさんたちもいる。

「私たちを忘れるんじゃないわよ」

「そうだぜ」

「僕たちは仲間じゃないか」

「この先もずっとです」

「みんな……」

ありきたりで、ベタな言葉ばかりだ。だけど、そんな言葉をハッキリと言える。

俺も、みんなも、もちろんアレクシアも。

「そうだね！　みんな一緒なら大丈夫だ！」

俺たちは勇者パーティー。人類の命運を背負った者たち。死線を潜り、助け合ってきた掛け替えのない仲間たちだ。

4. 決戦に向けて

カチャカチャと音が鳴る。作業をする一人に、全員の視線が向けられていた。

「どう？　直りそうかい？」

「誰に言っている？　そもそも、同じ質問に答えたはずだぞ」

「つまり直るんだね」

「当然だ」

ホッとする一同。モードレス襲撃の際、城の飛行機能はまたも壊れてしまった。

直した直後だったこともあり、どうなるか少し心配だったけど、さすがインディクスだ。

「機能は明日にでも回復させる。破壊された建物に関しては、私では無理だぞ」

「それはまた追々だね。直すなら全部が終わった後だよ。それで良いかな？　魔王様」

ユーレアスさんがルリアナに尋ねる。ルリアナは腰に手を当て、上機嫌に答える。

「うむ！　それで良いのじゃ！」

前までは魔王と呼ばれると、自分はまだ魔王じゃないと否定していたのに。

力に目覚めて、魔王としての自覚が芽生え始めたようだ。俺たちとしては、それが良いのか悪いのかわからないけど、とりあえず元気だし良いことなのだろうと思う。

「直ったら魔王城まで直行だな」

「そうだね。時間もかなり短縮できるし、この出会いは幸運だったよ」

「そう簡単ではありませんよ」

セルスさんが続けて言う。

「リブラルカの城までには、越えなくてはならない難関があります」

「難関？　最後の幹部の話では？」

「彼のことではありません。その前に、我々は不逞(ふてい)領域を越えなくてはならない」

「不逞領域？　初めて聞く名前ですね」

俺がそう言うと、セルスさんが説明を始めた。

「不逞領域は、悪魔領で最も危険とされる領域のことです。強大な力を持つモンスターが多数生息しており、気候も不安定だ。飛竜種も多く生息していますので、この城で突入すれば、間違いなく戦闘になります」

「それは面倒だな～。魔王城での戦闘に備えて、できるだけ温存しておきたいんだけど」

「リブラルカの狙いはそこです、ユーレアス殿。不逞領域で消耗させてから、あちらは万全の状態で叩くことができる」

「なるほど。安全に行けるルートはないのですか？」

ユーレアスさんが尋ねると、セルスさんは数秒考えてから答える。

「最も危険が少ないのは地上から行くことです。ただしこの場合、不逞領域を抜けられる日数は運です。なるべく戦闘を避けつつ進むのであれば」

「そいつは困るな。敵の兵器が完成しちまったら終わりなんだぜ？」

「はい。ですので空から向かうルートが最善ではあります」

ただし戦闘は避けられない。城の飛行速度はお世辞にも速いとは言えない。ユーレアスさんがインディクスに尋ねる。

「ねぇ、インディクス」

「何だ？」

「今の話は聞いていたよね？」

「ああ」

「なら一つ相談なんだけど～」

「城の飛行速度を上げられるかという相談なら可能だぞ」

「本当かい!?」

ユーレアスさんが興奮気味に尋ねる。すると、インディクスは作業の手を止めてこちらを向く。

「元々旧式の装置だからな。改良を加えれば、現在の飛行速度の三倍はいけるはずだ」

「三倍？」

「そんなに速くなるのか！」

ルリアナも興奮気味だ。自分の城の話だから、俺たちよりも興味津々な表情をしている。

「私が手を加えるのだから当然だ。ただし、改良には時間が必要だが？」

「どのくらい？」

「二日だ」

「二日か。でも三倍だろう？　だったら二日くらいの遅れは取り戻せるよね」

「そこの判断はお前たちに任せよう。どうする？　やれば良いのか？」

　ユーレアスさんが俺たちに確認の視線を送る。全員が頷いたのを確認してから、彼はインディクスに答える。

「よろしく頼むよ」

「了解した」

「そういうわけだから、改良が終わるまで休息をとろう。ここまで連戦で疲れているしね」

「休息つっても、一応ここは敵地だぜ？」

「また襲撃されるかもしれないわよ」

　アスランさんとレナの意見に俺も同意する。

「そうかな？　相手も幹部は側近一人だけ。わざわざ魔王が来るとは思えないし、側近も魔王の傍を離れるかな？　僕なら迎え撃つ準備をするよ」

「ユーレアス殿の言う通りです。リブラルカは思慮深い男です。モードレスが敗れたと知れば、最善の備えを整えることを優先するはずです」

「ほらほら、セルスさんもそう言っているし、どうせ出発できないんだからさ。ちゃんと休むことも大切だよ」

　連戦に次ぐ連戦。過酷な旅を続けている俺たちは、見た目以上に疲労している。そしてこれから最後の戦いに向かう。アレクシアが呟く。

「モードレスは強かった。きっと魔王はもっと強いんだよね？」

「だろうね」

「だったらしっかり休まないと！　万全の状態じゃなきゃ、魔王は倒せないよ」

「アレクシアの言う通り！　ちょうど良いから、王城にも連絡を入れておきたいね」

「あっ、そういえば一度も連絡してませんね」

「うん。姫様たちも心配していると思うんだ。向こうの状況も少し気になるし、報告がてら一度見に行ってきてくれないかな？」

　ユーレアスさんは俺に向かって話している。

「え、俺がですか？」

「うん。君が行った方が、姫様も喜ぶと思うんだ」

「はぁ……わかりました」

「ついでにゆっくりしてくると良い。何せ次が最後の戦いだからね」

「待って待って！　それならボクも行く！」

「私も行くわ」

　アレクシアとレナが名乗り出る。と一緒に――

「妾も行きたいのじゃ！　人間の国には興味がある！」

「い、いや……ルリアナは駄目だと思う」

「なんでじゃ！」

「さすがに悪魔が城に入ったら大騒ぎになるよね～。君はお留守番だよ」

「うぅ……」

　残念そうに落ち込むルリアナ。彼女には申し訳ないけど、俺は少しワクワクしていた。久しぶりの王都、それに姫様はどうしているだろう？

転移の水晶。同じ水晶同士を繋ぐ魔導具。魔力を込めることで発動し、有効範囲内にいる者を対となる水晶へ転移させる。

「じゃあ行ってきます」

「うん。何かあったら連絡しに行くから、いつでも戻れる準備はしておいてね」

「はい」

転移発動。光に包まれて視界が真っ白になり、次に見えた景色は王城の一室だった。

「研究室？」

「ここ俺の部屋だ」

「エイトの？」

「本当だ！　前に来たことあるから知ってるよ！」

王都を出てからそんなに長い時間は経っていない。

冒険者として過ごした期間の方が圧倒的に長いし、この部屋で過ごしたのも一月前後だ。

それなのに凄く懐かしく感じてしまうのは、これまでの旅が劇的だったことと、この場所の居心地が良かったからだろう。

「ここで寝泊まりしていたの？」

「ううん。ここは仕事部屋だからね。寝室は別であるんだよ」

「へぇ～、好待遇ね」

「一応これでも宮廷付きだからね」

最初の頃は自分でも信じられなかったけど。

「そう。なら今夜は私もエイトの部屋で寝るわ」

「あーずるいよレナ！　ボクもエイトと一緒のベッドが良い！」

「え、あ、いや確かに大きいベッドだけど、さすがに三人も一緒だと狭いよ？」

「大丈夫！」

「くっつけば問題ないわ」

「そうそう！　問題ないよ！」

いや……問題はあるだろう。ここが王城だってことを忘れてないか？

トントントン——不意に扉をノックする音が響く。俺たちは扉へ視線を向ける。

「誰かいるのですか？」

この声は……ガチャリと扉が開く。

「ここはエイトの作業部屋です。許可なく立ち入っては——エイト？」

「はい。ただいま戻りました、姫様」

「エイト！」

パァと姫様の表情が明るくなる。勢いよく俺の近くまで駆け寄ってきて、両手を握る。

「お帰りなさい！　いつ戻ってきていたのですか？」

「ついさっきです。余裕ができたので、旅の報告も兼ねて一度戻ることになって」

「そうだったのですね。元気そうで良かった」

「姫様も」

姫様の声を聞いていると安心する。それに元気そうでホッとした。

「あの～」

「私たちもいること忘れてるわよね？」

「え、あ、アレクシアにレナさんも」

「今気づいたの!?」

「そうみたいね。というよりいつまで手を繋いでいるのかしら？」

レナに言われて気づき、姫様が慌てて手を離す。恥ずかしそうに頬を赤らめていた。そんな表情をされると、俺も恥ずかしくなってしまう。

「ねぇレナ……」

「言わなくても大丈夫よ。同じこと考えているから」

ギロっと二人が俺を睨んできた。

なんで睨まれているんだろう？

「え、えっと報告をしてもいいですか？」

「あー、でしたらロランド騎士団長も交えて」

「そうですね」

一先ず場所を移すことになった。道中、二人に両脇をつねられてわかった。我ながら気づくのが遅い。二人とも嫉妬していたのだろう。

廊下を歩き、別の部屋に入る。部屋にはすでにロランド騎士団長が待機していた。俺たちが顔を出すと、彼は驚いたように目を丸くして立ち上がる。

「勇者アレクシアにレナ殿、それにエイト殿も！」

「お久しぶりです。ロランド騎士団長」

「ああ。しかしなぜここに？」

「彼らは旅の報告に来てくださったのです。経緯は今からお話ししていただきます」

姫様が俺に視線を送る。お願いしますという合図だ。俺は旅の経過と、これからの決戦についてを説明した。説明を終えると、騎士団長は噛みしめるように言う。

「な、なるほど……色々と驚かされたが、遂に魔王を倒す時が来たのだな」

「はい。あと一歩です」

「そうか。ようやく平和が……」

騎士団長は嬉しそうに笑顔を見せる。でもすぐに真剣な表情に戻って、自分の報告を始めた。

どうやら俺たちが旅を続けている間に、他国との間で小競(こぜ)り合いがあったらしい。

元々友好的ではない国同士。魔王討伐に戦力を削いでいる今がチャンスと考えて、戦争を仕掛けてくる気配があったそうだ。今は友好国と協力して、戦争を未然に防ぐ努力を続けている。

「しかし時間の問題だ。準備が完全に整えばあちらは攻めてくる」

「呆れる話ね。人類の危機だっていうのに」

「本当だよ。なんで協力できないのかな～」

俺もそう思うけど、悪魔同士で争っているのと同じように、人間でもわかり合えない相手はいる。

目先の利益しか見えていない者と、先の未来を見据えている者では、どうしたって噛み合わないだろう。

「魔王討伐が近いことは我々にとっては朗報だ。魔王を倒せるほどの者たちがいる。そう認識すれば、さしもの彼らも引き下がるだろう」

「ボクたちが勝てば戦争を未然に防げる？」

「ああ」

戦う理由がまた増えたな。

「報告は以上ですが、皆さんはこの後どうされるのですか？」

「一晩はこっちで過ごす予定です。出発までに二日かかるので」

「そうですか。でしたらエイトは自室がありますし、二人の部屋を用意しますね」

姫様がそう言った後、俺は嫌な予感がした。

「その必要はないわ」

「ボクたちはエイト君の部屋で一緒に寝るから！」

「……え？」

嫌な予感は早々に的中した。不穏な空気が部屋の中に漂う。

じとーっと姫様が俺を見つめていて、両脇で二人が俺の腕に抱き付いていた。

「では私は先に失礼します」

「え、あ、はい」

「――まぁ頑張れ若者」

そう言い残し、騎士団長は部屋を出ていった。

頑張れと言われても……どうしよう。

「エイトの部屋ってどこなの？」

「ボクが知ってるよ！　難しい話も終わったしボクも疲れたな～」

「そ、そうだね。それでは姫様、俺たちもこれで」

「え、ちょっと――」

「失礼します！」

俺は逃げるように部屋を出た。

すみません姫様。この状況で何を話せば良いのかわからないんです。というよりなんで姫様がショックを受けているような……まさかな。

自室に戻ると、俺よりも先にアレクシアがベッドに飛び込んだ。

「わぁ～、ふっかふか～」

「良い部屋に住んでたのね」

「本当にね」

姫様のご厚意に甘えて、随分と贅沢な暮らしをしていた。

旅に出てから、王城での暮らしが夢だったように感じることだってある。

「えーっと、本当に二人とも今晩はここで寝るつもり？」

「もちろん！」

「当たり前でしょ」

「そ、そうか」

まぁわかっていたけど。二人とも冗談でそんなことを言う人じゃないし。

「ボクたちが一緒じゃ嫌？」

「嫌じゃないって」

「それとも私たちより、姫様の方が良かった？」

「な、何言ってるんだよ！　そんな畏れ多いこと考えるわけないだろ」

「ふぅ～ん」

レナが疑いの目を向けてくる。じとーと見られて嫌な汗が流れる。

「まぁ良いわ」

俺はふぅと息を漏らす。すると、扉をノックする音の後に、姫様の声が聞こえた。

「エイト、私です」

「ひ、姫様？」

ムッとするレナとアレクシア。

「どうしましたか？」

「お休みのところすみません。後で一度エイトの作業部屋に来ていただけませんか？　騎士団倉庫のことでロランド騎士団長がお話をしたいそうです」

なんだ、そういう話か。騎士団倉庫の武器防具に付与してから、中途半端に預けてしまっていたことも気がかりだったから、話ができるのはちょうど良い。

二人の顔をチラッと見ると、同じようにホッとしているようだ。

「わかりました。十分後に行きます」

「はい。お待ちしております」

ん？

待っているのは騎士団長なんだよね？

姫様の言葉に疑問を感じつつ、時間になって俺は作業部屋に足を運んだ。

そんなに長くかからないだろうし、二人には部屋で待っていてもらっている。

「あれ？」

「お待ちしていました」

なぜか姫様が部屋で待っていた。騎士団長の姿はない。

「どうして姫様が？　ロランド騎士団長はどこに？」

「すみません嘘をつきました」

「へ？」

「騎士団長からお話というのは嘘です。ああ言えば、エイト一人で来てくれると思ったので……」

「姫様？」

姫様がモジモジしながら、俺の顔をチラッと見る。

「そ、その……エイトにお聞きしたいことがあります」

「なんですか？」

「あの……それは……あ！　そう！　先ほどのお話にあった先代魔王の娘のことです」

「え？　ルリアナのことですか？」

「はい！　人間と共存を望んでいるという話だったので」

てっきり部屋で待っている二人のことを聞かれると思っていたけど、どうやら違ったらしい。

一先ず安心して、俺は姫様の隣に座った。

それからルリアナのことと、自分の力のことも併せて話した。

「ではエイトの中に？」

「はい。俺の中には、先代魔王の力の一部が宿っているんです。今まで何度も助けられました」

「そうだったのですね。私たちも、知らないうちに魔王に助けられていたんですね。なんだか不思議な気分です」

「はい。でも、だからこそ信じられるんです。悪魔との共存も夢じゃないって」

「はい。私もそう――って違います！」

姫様は突然大きな声でそう言った。

「え？　違う？」

「ち、違わないですけど、そうではなくて、私が聞きたかったのは別のことで」

姫様は混乱しているようだ。あたふたする姫様は珍しくて、見ていて新鮮だった。姫様は落ち着くために大きく深呼吸をして、決意したように俺を見つめる。

「エイトはその……アレクシアたちとは仲良くやっていますか？」

「え、それはもちろん」

「そうですか……ちなみにそれは、仲間として？」

「あ、えっと」

「……もう言わなくてもわかります」

姫様は悲しそうにため息を漏らす。

「どちらとですか？」

「はい？」

「ですから、どちらとそういう関係なのかなと」

「いや〜、どちらというか、両方というか、どちらでもないというか……」

「……はい？」

姫様の表情が少し変わった。これは良くない気がする。

「私はどちらかと聞きましたよ？」

「そ、そうですね」

「なぜ答えられないのですか？」

「その……」

素直に言って良いものか？　二人の気持ちは知っていて、どちらも尊く思っていて、自分でも決めかねていると。あと肉体的なあれやこれやもしているとか。

言っていいのか？

「エイト」

「は、はい！」

「詳しくお聞かせいただけますか？」

「……はい」

姫様の笑顔が怖くて、俺は素直に話すことにした。

姫様に脅さ……お願いされて、俺は恥ずかしさに耐えながら彼女たちの話をした。

彼女たちを縛っていた苦悩や戸惑いの一部も含めて。全ては話さない。俺だけの話ではないし、彼女たちの心まで代弁はできないから。とりあえず事の顛末だけ。そう……だからこそ——

「つまりエイトは、彼女たち二人から告白され、どちらかを選ぶことなく肉体関係まで至っていると」

「そ、そうなりますね……」

「……話だけ聞いていると……女性の敵ですね」

「はい……すみません」

返す言葉もない。自分でも感じていたことだし……。ただ、姫様の口からハッキリ言われると、想像以上に心に来るな。

「エイトがそんな人だったとは思いませんでしたよ」

「うっ……はい」

「私は日々王女としての責務に勤しんでいたのに、その最中にイチャイチャしているとは」

「べ、別に遊んでいたわけじゃな……くもないですけど」

駄目だ……辛い。いや、辛いなんて思うことも良くないな。これは自業自得だ。優柔不断で、彼女たちの思いに応えきれない自分が悪い。

「ふふっ、冗談ですよ」

「へ？」

と思って反省していたら、姫様が不意に笑顔を見せた。

「冗談？」

「はい。エイトが理由もなく、そんなことをするとは思えませんから。もしそんな酷い男なら、私もとっくに襲われていますよ」

「そ、それは……」

さすがにどんな男でも、一国の王女に手を出そうとはしないと思うけど。

「話してくださったのは一部ですよね？　きっと話せなかったことに理由があるのでしょう。それはエイトではなく、彼女たちのことだから」

「はい」

お見通しか。

じゃあさっきまでからかって遊んでいたということ？

姫様ってそういう遊び心のある人だったのか。どちらにせよ助かった。

「でも半分ですよ？　エイトが女たらしの酷い人だったことはガッカリです」

「うっ……」

助かってなかった。やっぱり怒っているみたいだ。

「ただ……彼女たちがエイトを好きになる気持ちもわかるんです」

「え、姫様？」

「私も助けられた一人ですから」

それってどういう……。

まさか本当に？

「はぁ……本当は全てが終わった後にお伝えするつもりでしたが、仕方ありませんね」

姫様はそう言って、俺の右手をギュッと両手で握る。

「姫様？」

「エイト。私も——あなたを愛しています」

突然の告白に面食らう。いいや、心のどこかで予感していた。彼女の瞳が、嘘ではないと告げている。握った手は温かくて、明かりに照らされた彼女の頬は、ほんのり赤く染まっていた。

「えっと……本気ですか？」

「嘘ではないことくらいわかりますよね？」

「……じゃあ、いつから？」

「助けられたあの日に惹かれて、それからずっとあなたを見ていました。一緒に過ごした時間は短かったかもしれません。その短い時間で、あなたをもっと好きになりました。きっと、きっかけはアレクシアたちと同じです。好きになった所も一緒だと思います」

だからこそわかると。姫様も、アレクシアとレナも、出会い方こそ違うけど、助けられたことがきっかけだった。俺がそんなことを言うのも不自然かもしれない。ただ、彼女たちは同じ言葉を口にしていたから、間違いじゃないと思う。

姫様もっていうのは、予感はあっても驚く。お陰で、またわからなくなってしまった。

姫様からの告白は嬉しい。でも、俺は結局……誰も選べない。

「姫様、俺は……」

「良いんですよ。今は悩まないでください。なんて私が言えることではありませんが、お返事は必要ありません」

「でも、それは不誠実だ」

「そうですね。私もあなたじゃなければそう感じていたと思います。でも、私はエイトの優しさを知っています。きっと彼女たちも……だから待ちます。あなたの答えが出るその時を」

姫様は優しく、諭すようにそう言った。その瞳は、俺の不安や悩みを見透かしているのだろう。

「すみません」

「謝らないでください。それから、このことは二人には内緒にしていただけませんか？　知れば余計な不安を与えてしまいますから」

「そう……ですね」

あるいは俺の不安も増える。本当は姫様も、戦いの前に伝えるつもりはなかったそうだ。悩ませて、戦いに支障が出てしまうかもしれないから。二人のことを話さなければ、魔王を倒したその後で、彼女から告白されていたのだろうか。

「そろそろ戻った方が良いでしょう。彼女たちも寂しがっていると思います」

「はい。そうします」

先に部屋を出ようとした俺の袖を、姫様がそっと引っ張る。

「エイト。これは私個人ではなく、王女としての助言です。あなたは誰か一人を選ぶことに固執していますね？　それは間違いではありませんが、魔王を倒した後ならば、選択肢も広がるでしょう」

「それはどういう意味ですか？」

「英雄になるということは、一国の王になることに等しい意味を持ちますからね」

そう言って笑う姫様を見て、俺は首を傾げた。

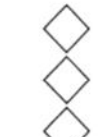

エイトの自室にて帰りを待つ二人。

「エイト君遅いな～」

「仕事の話をしているんでしょ。長くなるわよきっと」

「えぇ～。すぐ戻るって言ってたのにぃ～」

バタンとベッドに倒れ込むアレクシアと、ベッドの端に座るレナ。二人ともエイトの帰りを待ちながら暇を持て余していた。

「いつ戻ってくるのかな～」

「さぁね。一時間くらい先かも」

「そんなに？　じゃーちょっと休憩しようかな～」

「良いんじゃないかしら？　私も少し疲れたし、戻ってくるまで」

レナが大きな欠伸（あくび）をした。時計の針は午後八時。まだまだ夜は始まったばかりで、普段なら眠くならないだろう。今は目の前にベッドがあって、敵に襲われる危険も限りなくゼロに近い。

そんな状況に置かれれば、勇者や精霊使いと言えど、睡魔には勝てないわけで……。

「ちょっとだけ寝ましょうか」

「そうだね」

一時間と少し後――

「ただいま～」

返事はなかった。部屋の中はシーンと静まり返っている。

「あれ？」

姿がなくて一瞬焦ったが、ベッドの方から寝息が聞こえてホッとする。

二人とも仲良く俺のベッドで眠っていた。早く戻ると言って随分待たせてしまったから、待ちくたびれたのだろう。そうでなくとも日頃から神経をすり減らし、戦いの疲労も溜まっていたはずだ。

目の前にフカフカのベッドがあれば、その誘惑には誰も抗えない。俺も普段通りなら、迷わず飛び込んでいたと思うけど……。

「さすがに気が引けるな」

女の子二人が寝ているベッドに、後から入る後ろめたさを感じる。

二人なら喜んでくれそうだけど、姫様から告白された今は、特に悪いことをしている気がしてならない。俺はとりあえず、ベッドの横に腰を下ろした。二人はスゥースゥーと気持ち良さそうに寝息を立てている。

「疲れていたんだな。二人とも」

激戦が続いていたし当たり前だ。幹部との戦いは特に、肉体的にも精神的にもダメージを受ける。

彼女たちでなければとっくに音を上げているだろう。そしてこの先は、もっと過酷になる。

幹部の残り一人、魔王の側近と、彼らを束ねる魔王リブラルカ。先代を殺した悪魔……俺自身にとっても因縁の相手だ。

「悩んでる場合じゃないんだよなぁ……」

わかっていても、彼女たちを見ていたら考えてしまう。

好きだと言ってくれたことを。身体を重ねて、確かめ合った記憶も新しい。そしてもう一人、思いを伝えてくれた人の優しい笑顔も脳裏に浮かぶ。みんなの気持ちに応えたい。誰を選ぶことが正解なんだろう。選んだとして、全員が幸せになれるのかな？

もしかしたら、誰も選ばないという選択の方が……。

「あー駄目だ駄目だ！　今考えたってわかるわけない！」

心に糸が絡まって解けなくなっている感じがする。ふと、姫様の言葉を思い出す。

魔王を倒した後ならば、選択肢も広がるかもしれません。未だにどういう意味かわからない。ただ、魔王を倒して、人々に平和をもたらした後。背負った使命から解放された時なら、グルグルに絡まった心の糸を解く時間もあるだろう。

「そうだな。まずは魔王を倒してからだ。その後でちゃんと考えよう」

まるで魔王を倒すことが前座のような考え方だ。でも、もしかすると俺にとっては、魔王よりも手ごわい相手かもしれないから。

「ぅう〜エイト君〜」

「アレクシア？　起こしちゃっ——ちょっ！」

彼女に手を引っ張られて、そのままベッドに寝転がる。

アレクシアは俺の右手に絡まっている。

「えへへ〜、ぎゅぅー」

「アレクシア？」

寝ぼけているのか。幸せそうな顔をして寝息を立てる。

今度は左腕にレナが抱き付いてきて……。

「逃がさない……わ」

彼女も眠ったまま、俺のことを放さない。

二人に抱き付かれたまま、俺は動けなくなってしまった。

「はぁ……やれやれ」

結局こうなるのかと、呆れてしまった。二人とも気持ち良さそうに寝ているし、起こすのは可哀想だ。俺も疲れているし、このまま眠ろう。

目を瞑って眠りに落ちる。その直前に、一つだけハッキリとわかったことがある。俺はやっぱり、二人のことが大切で、大好きなんだと。

一緒にいられて幸せだと感じる。こんな日が、ずっと続いてくれれば良いのに。

そう、心から思った。

◇◇◇

魔王城の機関部。カチャカチャと音を立てながら作業をするインディクス。それをじっと見守るエリザと……。

「ふぁーあ……眠い」

欠伸をするユーレアス。インディクスはため息を漏らし、手を止めて振り返る。

「はぁ、ならば監視などやめて休んだらどうだ？」

「それはいけないな～。君が余計な機能を付けないか、見張っておかないとね」

「余計な機能？」

「うん。たとえば自爆機能とかね」

「ふん。確かにこの規模の建物が爆発すれば、奴らの城も破壊できるかもしれないな。良い案だぞ」

「ちょっと～、僕の提案みたいに言わないでくれるかな～」

インディクスは呆れたように小さく笑い飛ばし、作業を再開した。その後ろ姿を眺めながら、ユーレアスはエリザをチラッと見る。気づいたエリザが、ユーレアスに尋ねる。

「なんでしょう？　マスター」

「ん？　いや～、何も起こらないな～って」

「なんの話ですか？」

「いやほら、インディクスは君の元マスターで生みの親でしょ？　話しておきたいこととかないかなーって思ったんだけど」

「ありません」

エリザは即答した。

「ないな」

インディクスも同様に答えた。

「えぇ～、二人ともドライだな～」

「お前は何を期待していたんだ？　私がどういう思考をしているか、その一端を知っているはずだろう？」

「そうだけどさ～。君の言うように一端しか知らないからね。もしかすると、我が子を心配する父親のように」

「ありえないな」

　またもや即答。完全に否定されてガッカリするユーレアス。エリザは表情を変えていない。

「お前に敗れた時点で、それに興味はないと言ったろう？　ましてや今、それの所有者は私ではない。どうなろうと知ったことではない」

「う～ん、酷いこと言ってるよ～。エリザだって傷つくよね？」

「いえ、ワタシは特に何も。今のマスターはあなたです」

「こっちもか！　まったくよく似ているよこの親子は」

「違う」

「違います」

　二人の声が重なった。意外そうに互いの方へ振り向く。

「ははは っ！　やはり親子だよ」

「ふん」

「……」

　なんとも言えない雰囲気になる。

そこへ突如、ドカーンと爆発音が響き、部屋が揺れる。

「なんだか外が騒がしいな〜。ちょっと見てくるから、エリザは彼を見張っていてね？」

「了解しました」

「うん。すぐ戻るよ。アスランたちはしゃぎ過ぎじゃないかな〜」

ユーレアスはやれやれと呟いて部屋を出て行く。二人だけになった部屋には、作業の音だけが聞こえていた。ユーレアスが期待するような会話はない。二人の関係はもう……いいや、初めから関係などなかったかのように。だが——

「エリザ」

意外にも、先に話しかけたのはインディクスの方だった。彼は続けて言う。

「君も彼と一緒に行かなくて良かったのか？」

「……ワタシへの命令は、あなたをここで監視することです」

「そうか。相変わらず忠実に命令を守るだけか……あの男に預けて多少は変化があると期待したが……」

「期待？　ワタシに興味がないのではなかったのですか？」

「興味と期待は似て非なるものだよ。しかし……その通りではあるな」

再び沈黙が訪れる。そして、次に沈黙を破ったのは——

「元マスター」

エリザの方だった。

「なんだ？」

「ワタシは……あなたに感謝しています」

インディクスは思わず手を止める。目を見開き、驚いた顔で彼女に目を向ける。

「あなたがワタシに感情を与えた。そのお陰で、ワタシは自分の意思で誰かに仕え、従うことができます。ただの人形ではなく、エリザという個人として」

「なんだと？」

「……お前は勘違いをしているな」

「わかっています。あなたにとってワタシの意思など」

「違う。私がどう思うかではない。根本的な所だ」

そう言って、インディクスは徐に立ち上がる。改まって彼女に語る。

「私はお前に感情を与えた。だがな？　あくまで私が与えたのは、感情という名の知識に過ぎない。心などという曖昧なものは、私の手に余るのだ」

「知識……ではワタシの感情は一体……」

「それはお前自身が手に入れたものだ」

「ワタシが？」

「ああ。きっかけは私の与えた知識だろう。それを元に、お前は自らの感情を手に入れた。まさに成長というやつだな。やはり生物は面白い。私の想像を超えてくる」

インディクスは笑った。

「そうだろう？　僕もそう思うよ」

「ユーレアス」

「マスター」

トントンと足音を立ててユーレアスが戻ってきた。

「いつから聞いていた？」

「さぁね？　親子の会話は楽しめたかい？」

「何度も言わせるな。私は親などではないよ」

「そうかな？　我が子の成長を喜ぶ姿は、親にしか見えなかったけど？」

「ふん、勝手しろ」

インディクスは作業に戻った。振り返る横顔は、なんだか満足げに見えた。

「親子の形は一つじゃないよ。きっとこれも、そのうちの一つなんだ」

「親子の形……」

もしかすると、エリザがインディクスを父親と呼ぶ日が来るかもしれない。

◇◇◇

先代魔王城の外周。木々が斬り倒され、平らになった土地にアスランとルリアナが向かい合う。

アスランの後ろにはフレミアが、ルリアナの後ろにはセルスさんが控えている。

「本当にやる気か？」

「もちろんじゃ！」

「爺さんもそれで良いのか？」

「私もルリアナ様に賛同しておりますので」

「了解。んじゃ――」

アスランが槍を構える。

「始めるか」

「うむ！」

ルリアナが魔王の特権を発動。髪と目の色が変化し、荒ぶる魔力を纏う。

「では行くぞ！」

「おう。かかってこい！」

ルリアナが宙に浮かび、あっという間に間合いを詰める。

「速いな」

「当たり前じゃ！　妾は魔王じゃからな！」

目の前に迫ってきたルリアナに対して驚くアスラン。しかし冷静に左へ避け、槍を回して打ちおろす。

「よく躱した」

「これくらい余裕じゃ！　お前こそ気を抜くでないぞ！」

重力操作。彼女が覚醒させた魔王の特権。半径百メートルの円周内にいる者は全て、彼女の能力の支配下である。

「うおっ」

アスランの身体が宙に浮く。体勢を崩した所へ攻撃を仕掛けるルリアナ。

「もらったのじゃ！」

「甘いな」

「なっ――」

アスランは空を蹴り跳躍した。

空中歩法。エイトがブーツに付与している効果を、彼はスキルとして持っている。

「軽くしてくれてありがとな。お陰で普段より速く動けるぜ」

「むぅ……だったら重くするまでじゃ！」

続けて高重力がアスランに襲い掛かる。モードレスを苦しめた力。だが、アスランはニヤっと笑う。

「そう来ると思ったぜ」

空を蹴り、重力が強まる前に移動した。その真下にはルリアナがいる。重力の影響で下へ落ちる力が増し、それを逆に利用してルリアナに突撃する。

「なっ、うわ！」

圧倒的な速度に驚いたルリアナだったが、ギリギリのけぞって回避する。

重力操作は解除され、体勢を崩したルリアナの肩にアスランが触れる。

「あ」

「勝負ありだな」

「むぅ～」

「そこまでです。ルリアナ様」

「うむ」

　シュンとなったルリアナの、髪と目の色が戻っていく。二人の元にフレミアが歩み寄り、怪我がないか確認する。

「怪我はしていないようですね」

「魔王の力に覚醒して、身体も頑丈になったんじゃないのか？」

「その通りじゃ！　じゃがまさか反撃されるとは……」

「重力操作。確かに強力だけど、それを使っている間、お前は動けないんだろ？」

「……うむ」

　重力操作中は、力を制御することに集中しなくてはならない。

　そのため身動きが取れないことを、アスランはモードレスとの戦闘を見て気づいていた。

「まだまだ妾が未熟なせいじゃ」

「そう落ち込むなよ。使いこなせれば最強になれる力だぞ？　さすが先代魔王の娘だな」

「そ、そうか？　そうじゃな！　もっと修行するぞ！」

「おうおうその意気だ」

「ちょっとは休憩しなくちゃ駄目だよ～」

　彼女たちの元にユーレアスがやってくる。

「ユーレアス？」

「インディクスを見張っていなくて大丈夫なのですか？」

「大丈夫じゃないけど、エリザが見てくれてるよ。すっごい音がしたから確認しに来たんだけど

〜」

ユーレアスが視線を向ける。その先には、アスランの突撃でへこんだ地面があった。

「頑張るのも良いけど、ほどほどにね？　本番で疲れて動けませーんじゃ元も子もないから」

「そうだな。ちょっと休んでから再開するか」

「うむ」

それだけ伝えると、ユーレアスは魔王城に戻っていった。

木陰に腰を下ろして休憩するアスランとルリアナ。ルリアナがぼそりと言う。

「エイトもちゃんと休んでおるかのう」

「ん？　なんだ？　気になるのか？」

「当然じゃ」

「ふ〜ん、まぁあいつのことだから休めずにイチャイチャしてんじゃねーかな。二人も一緒だし」

「なんじゃと！　あの二人とはそういう関係じゃったのか！」

「知らなかったのかよ。いやまぁそうか」

「なるほどのう〜。ならばエイトに相応しいかどうか、妾が姉としてしっかり見定めねばな」

ふむふむと頷きながらルリアナがそう言った。

「ん？　姉？」

「そうじゃぞ？　エイトは妾の父上の力を受け継いだ男じゃ。なれば妾の姉弟であろう？」

「ああ……なるほど？」

「どうしてエイト君が弟なんですか？」

「妾の方が魔王じゃからじゃ！」

ルリアナは腰に手を当て、堂々と宣言した。アスランとフレミアは首を傾げる。

「よくわからんが」

「あなたもエイト君のことが大切なんですね」

「当然じゃ。エイトと妾、二人合わせてようやく父上に追いつける。妾たちは二人で一人の魔王じゃ。リブラルカを倒したら、エイトにも魔王を名乗る権利をやらねば！」

「なるほどな」

おっかない姉を持ったな、と心の中でアスランは呟いた。

窓から朝日が差し込む。穏やかな陽気に包まれた朝は久しぶりで、目覚めた時は思わず戸惑った。

「ん、うぅ～ん……ここ……」

「ぅ、もう朝なのね」

二人とも目が覚めたらしい。良かった。

「あの……そろそろ退いてもらって良いかな？」

「「あ」」

「両腕が……痺れて動かないんだ」

俺がそう言うと慌てて二人が離れてくれた。

「ご、ごめんエイト君！」

「あ、うん、気にしないで」

「私としたことが不覚だったわ。でもどうしてエイトが一緒に寝てるの？　確かエイトはいなかったような……」

「確かに」

　じーっと二人が俺を見つめる。

「もしかしてエイト君、寝てるボクたちにエッチなこと」

「してないから！」

　言葉で否定しながら、痺れて動かない両腕を必死に持ち上げようとする。

「安心して。私は何をされても良いわ」

「ぼ、ボクだってエイト君なら良いよ！」

「それは嬉しいけどそうじゃなくて！　別に変なことはしてないから！」

　誤解されているようだが冤罪だ。

　戻ってきたら二人が眠っていて、寝ぼけたアレクシアに引っ張られた。

　その後は二人を起こさないようにじっとして、自分も寝たんだ。と、そこまでは良かったんだけど……途中で痺れを感じて目が覚めたのが、今から二時間くらい前だった。

「――というわけだから、俺は一切手を出してない」

「むぅ……」

「一切なのね？」

「ああ」

「……何か」

「それはそれで負けた気分ね」

なんで二人とも不満そうな顔をするんだ。

手を出した方が正解だったのか？

いや無理だろう。あんな話をした後で――

トントントン。

「エイト、もう起きていますか？」

「姫様！」

「朝食の準備ができたので呼びに……」

ベッドの上に寝転がる男と、その両脇には女性二人。誤解されそうな光景。

「はぁ……あなたという人は……」

「す、すみません」

「使用人に向かわせなくて正解でしたね」

予想していたのか。さすが姫様。

「ご、誤解しないでほしいですが、何もしてませんからね？」

「さてどうでしょう？　エイトは女たらしですからねぇ」

「姫様……」

「ふふっ、早く来てくださいね。せっかくの食事が冷めてしまいますよ」

「はい。すぐ行きます」

パタンと扉を閉めて、姫様は去っていった。

昨日の一件のせいなのか、なんだか姫様がちょっと意地悪だ。

「……ねぇエイト君、姫様と何かあった？」

「へ？」

「仲良くなってる気がしたけど？」

「そうかな？　元からあんな感じだったと思うけど」

ジーっと二人から疑いの視線が向けられる。

二人には話さないようにしよう。そう姫様とも約束したし、俺から話すわけにもいかない。

「それよりほら、朝食に行こう。ってその前に一度着替えないと」

「その腕で？」

「ああ……」

まだ痺れて動かない。

「仕方ないから私たちが手伝ってあげるわ」

「え、ちょっ」

「よーし！　じゃあ全部脱いでー！」

「い、いや待って！　自分でやるから勘弁してくれ！」

結局素っ裸にされて、全部着替えさせられた。

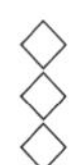

朝食を済ませた後、俺たちは魔王城へ戻る準備をした。

本当は夕方くらいまで滞在する予定だったけど、やっぱり向こうのことも心配で、予定より早く戻ることになったんだ。

「忘れ物はありませんか？」

「大丈夫です。二人は？」

「ボクも良いよ！」

「私もよ」

「大丈夫そうなので、そろそろ行きますね」

俺の仕事部屋に姫様と二人が集まっている。ロランド騎士団長は早朝に遠征へ出かけてしまったそうだ。挨拶はその時に済ませている。

「気を付けてくださいね」

「はい」

「次に戻ってくる時は、全てが終わった時ですね」

「はい」

「必ず魔王を倒してくるよ！」

「みんなで戻ってくるわ」

二人がそう言うと、姫様はニコリと微笑む。

「はい。お待ちしております」

姫様が俺に目配せをして言う。

「その時には、ちゃんと答えを出しておいてくださいね？」

「ぅ……はい」

やっぱり姫様は意地悪だ。二人はピンと来てない様子。今のうちに戻るとしよう。俺は水晶に手をかざし、転移を発動させる。

「行ってきます」

「行ってらっしゃいませ」

俺たち三人の姿が消え、姫様だけが残された。

「……キスくらいしても良かったですね」

少し寂しそうに、姫様は窓の外を見る。

「帰ってきたら……その時に」

◇◇◇

転移の水晶を使って魔王城の一室に戻った。その瞬間——爆発音と地響きが襲う。

「なっ！」

「もしかして襲撃!?」

「外に出るわ！」

急いで魔王城の外に走る。揺れはまだ続いているし、外から凄まじい魔力を感じる。ただ、知っている魔力な気もして、外に出て拍子抜けした。

「どうした？　もう終わりか？」

「まだまだじゃ！」

「えぇ……」

アレクシアも呆れている。ホッとする場面だけど仕方がないか。

魔王城から少し離れた場所で、アスランさんとルリアナが戦っていた。

ルリアナは特権を発動している。殺伐とはしていないし、おそらく訓練か何かだろう。

空中でぶつかる二人。アスランさんが先に俺たちに気づいた。

「おっ！　戻ったのか！」

「ん？　あっ！　エイトじゃ！」

遅れてルリアナも気づいて、まっすぐ俺の所へ飛んでくる。

「お帰りなのじゃ！」

「あ、ああ、ただいま」

その姿で詰め寄られると、さすがに身構えてしまうな。魔王の特権。彼女が目覚めさせた力と姿。

なんだか……。

「モードレスと戦った時より安定してる？」

「本当か？　そう見えるのか!?」

ルリアナはグイグイ顔を近づけてきた。

「う、うん。前は荒々しいだけだったけど、今はなんていうか、荒々しさもあるんだけど、落ち着いているというか。言葉にするのは難しいな。とにかく制御できてる感じはするよ」

「本当か！」

俺が頷くと、彼女はパァっと表情を明るくして、アスランさんに視線を送る。アスランさんが俺たちの近くに降り立つ。

「よっと、特訓の成果だな」

「うむ！」

「ああ。やっぱり訓練だったんですね」

「おう」

「驚かせないでよ」

「いきなり揺れたからビックリしちゃったよぉ〜」

「悪い悪い」

アスランさんは笑いながらそう言って、続けて俺たちに尋ねる。

「んでそっちはどうだった？　ちゃんと休めたか？」

「え？　あーまぁ、ほどほどに」

「なんだよ歯切れ悪いな」

「エイトは休めなかったのか？」

「いや、休めたよ？」

疑問形になってしまった。ルリアナが難しい顔をしている。

「うむ……さてはイチャイチャしておったな！」

「ぶっ！　ルリアナ？」

「そうなんじゃな！　イチャイチャしてて休めなかったのじゃろう？」

「ち、違うから！　なんてこと言うの！」

視界の端で、アスランさんが笑っているのが見えた。俺がいない間に余計なことを教えたのはアスランさんだな。話していると、セルスさんとフレミアさんも合流する。

「お帰りなさいませ」

「皆さん戻っていたんですね」

「はい」

「ただいまー！」

アレクシアが元気よく返事をした。その横でレナが会釈をして、チラチラと周りを見る。

「ユーレアスがいないわね」

「インディクスの所じゃないかな？」

たぶんエリザも一緒だろう。

笑い終えたアスランさんが呼吸を整えて言う。

「はぁーあ、二人ならインディクスを見張ってるぞ」

「見に行きましょうか？」

「その必要はないよ」

ユーレアスさんの声だ。声がした方向を振り向くと、ユーレアスさんとエリザ、それにインディクスも一緒にいる。

「お帰り、みんな」

「たっだいまー！」

「その必要はないってことは、改良が終わったんですか？」

「ああ」

ユーレアスは答えてからインディクスに目配せする。

「依頼は先ほど完了した」

「予定だとまだかかるって話だったのに」

「予定はあくまで最長の時間だ。それより早く終わるのは当然だろう」

さすがインディクスだ。もう素直に感心する。

「さて、私の役目は終わっただろう？　もう帰らせてもらうよ」

「何を言っているんだい？　君も同行するんだよ」

「は？」

「当たり前だろう？　道中で壊れでもしたらどうするんだ？　君しか直せないのに」

「……はぁ」

大きなため息をこぼすインディクス。ユーレアスさんはニッコリと笑顔。インディクスは呆れながら言う。

「最初からそのつもりだったか」

「もちろん。君だって薄々わかっていたんじゃないかな?」

「……まぁ良い。だが何度も言うように」

「身の安全が最優先だろう? 大丈夫、君は戦わなくても良いから。代わりにこの城を守っておくれよ」

「それは戦えと言っているのと同じだぞ」

再び呆れるインディクスだが、仕方がないと了承した。敗者は勝者に従うまでだ、と。

「よーし! 話もまとまったところで確認するよ? みんな準備は良いかい?」

「うん!」

「ええ」

「おう」

「できていますよ」

「良いのじゃ!」

「問題ありません」

最後に俺に視線を向ける。

「行きましょう」

決戦へ向けて。

5．終局の決戦

不逞領域は、悪魔領で最も危険とされるエリア。地上は汚染され、空は荒れている。

過酷な環境で生まれた生物は、必然的に強靭な肉体と、餓えを恐れる本能を持っている。

飛び入る無知な生き物ほど、餓えたモンスターにとっては格好の餌だ。

「じき不逞領域に入ります。皆さま、十分に警戒してください」

俺たちは空飛ぶ魔王城の制御室に集まっていた。

インディクスに飛行性能を強化され、城を護る結界も強くなっていると聞く。

「案外簡単に突破できるかもね」

「油断しないでください。マスター」

「え？　まだ何もしてないのに怒られた」

相変わらず緊張感に欠ける様子のユーレアスさんに、アスランさんはやれやれと呆れている。すると、城を操縦するインディクスが全員に言う。

「まもなく不逞領域に入る。揺れるぞ」

「揺れ？」

言った途端に部屋が大きく揺れた。いや、斜めに傾いたと表現するべきか。すぐに戻ったけど、数秒だけグワンと大きく部屋が傾いた。

「あー危なかったな」

「だから忠告しただろう？」

「遅いよ。もっと早く教えてほしかったな」

ユーレアスさんがインディクスに文句をブツブツ言う。

その通りだけど、気を抜いていた彼も悪い。現に揺れで転んだのはユーレアスさんだけだった。

「ちなみに今の揺れは何？」

「外を見ればわかる」

制御室には、外の映像を映し出す特殊な魔導具がある。

いくつも画面が並んでいて、侵入者を監視する役割もあった。

全員の視線が、そのうちの一つに集まる。

「ああ、なるほどね」

「すっごい嵐！」

アレクシアが興奮気味に叫んだように、外は荒々しく吹き荒れる雨風に晒されていた。

雷雲に突入したことで、ゴロゴロと雷の音が響く。

「聞いていた通りの空だね」

「まだだぞ」

「問題はこの先です」

インディクスとセルスさんが言った意味を、雷雲を抜けて理解する。

雷雲は消え、雨風だけが残った空。そこに翼を持つ黒い影が、星のように散らばって飛び交っていた。

アレクシアが驚き、指をさしながら確認する。

「あ、あれ全部ドラゴン!?」

「そうだ」

インディクスが即答した。

空の覇者、ドラゴン。モンスターの生態系で頂点に位置する怪物が、群れを成して飛ぶ鳥のようにうじゃうじゃいる。

「おそらく濃い魔力を感知して待ち伏せていたのだろう」

「そのようですね。インディクス、確認しますが、あれに突撃して結界はもちますか？」

「残念ながら厳しいだろうな。半壊を覚悟すれば突破できなくはない」

「他に案は？」

「無論ある」

淡々と話を進めるインディクスとセルスさん。俺たちは若干の置いてきぼりをくらいながら、インディクスが言う案に期待する。

「砲門――展開」

ゴゴゴゴ――

城全体が細かく揺れる。

「な、なんじゃ!?」

外を映し出す魔導具に、答えは映っていた。

建物が移動し、変化して、巨大な大筒が飛び出す。前後、上下左右を無数の砲門が狙う。

「魔力供給完了。自動迎撃を開始する」

砲門から放たれる魔力エネルギーの砲撃が、ドラゴンの群れに直撃する。

予想以上の光景に全員が驚く中、ルリアナがインディクスに怒鳴る。

「お、おい！　なんじゃあれは！」

「迎撃装置だ」

「そうじゃなくて！　あんな物、妾の城にはなかったじゃろ！」

「ああ。私が取り付けたからな」

「い、いつの間に……妾の城じゃぞ」

「何か問題があるか？　必要な物だろう？」

「むぅ……」

現に役立っているから反論できなくて、ルリアナはむくれていた。

それにしても驚いた。飛行機能を強化するだけなく、新しい迎撃装置まで取り付けていたなんて。

しかも予定よりも早い時間で。

「凄すぎて逆にちょっと引くわね」

「レナ正直に言いすぎ」

「ふっ、好きに思え。私は何も——ん？」

「インディクス？」

「……正面を見ろ。どうやら、少々厄介な相手が紛れ込んでいるようだ」

インディクスが指した相手は飛び交うドラゴンよりも一回り大きいが、逆に強靭さは感じない。

むしろ、朽ち果てた後の姿で飛んでいる。アスランさんがモンスターの名前を口にする。

「スカルドラゴン」

「確かに厄介だね。あれは魔法が効きにくい」

「あれは結界を抜けてくるぞ」

スカルドラゴンの周囲には、魔法を反射する結界が張られている。城の砲撃も、結界に阻まれ届いていない。結界同士がぶつかり合うと、どちらも消滅してしまう。接近され、結界が破られたらどうなるか。

「その前に落とすしかない。エイト、君の出番だよ」

「え？　俺？」

「そうだ。あれの結界は、目に見える大きな魔力の流れをせき止め反射するものだ。君の言霊なら通る」

「えーっと、理屈はよくわからないけど、つまり効くんだな？」

「ああ」

「了解。じゃあちょっと行ってくる」

外は依然荒れ模様。結界も雨風は防いでいないから、外に出た途端ずぶ濡れになった。

「雨も止ませられたら良かったんだけどなぁ」

なんとなくできそうな気もするけど、間違いなく喉が潰れて魔力も尽きそうだ。

それよりも今は目の前の敵を――

「『落ちろ』」

大きく息を吸って飛ばした言霊に、スカルドラゴンが落下していく。

こんな所で空模様なんて気にしている暇はない。

「青空を見るのは、魔王を倒した後にしよう」

『落ちろ』の一言で、落下していくスカルドラゴンを見つめながら思う。

「本当に落とせた」

自分でも驚きだった。スカルドラゴンが強力なモンスターだということは間違いない。

言霊は、相手が強いほど効きにくく、魔力の消耗も激しい。にもかかわらず、今の一言で消費した魔力はごく少量だった。

「喉の調子も……うん、悪くない」

やっぱりルリアナの力が覚醒してくれたお陰かな。俺の中にある先代魔王の力も、同時に強化されている。これなら現魔王……リブラルカにも通じるか。

「っと、そろそろ戻らないと」

いつまでも暴風雨の中にいたら、そのうち風邪を引くかもしれない。魔王の力が宿っていても、身体は人間なんだから。

「戻ったよ」

「おっかえりー！」

制御室に戻ると、アレクシアが一番に出迎えてくれた。

「凄かったね！　一瞬でドラゴンが落ちたよ！」

「俺も自分でビックリしたよ」

「エイト、喉の調子は？」

「全然大丈夫。心配してくれてたんだね、レナ」

俺はわかりきった質問を彼女に投げかけた。するとレナは、ムスッとした顔で言う。

「当たり前でしょ」

わかっていたけど、彼女の反応を見て安心する。続けてルリアナが腰に手を当てて賛辞をくれる。

「よくやったぞエイト！　さすが妾の弟じゃな！」

「ありがとう。ん、え？　弟？」

なんの話？

「お前さんは先代から力を継いでるだろ？　だから姉弟みたいなもんなんだと」

「ああ、でもなんで俺が弟なんですかね？」

「それはオレも疑問だったんだが～」

「自分の方が先に魔王だから！　って言っていたわよ」

そういう話を、アスランさんとフレミアさんは修行の時にしていたらしい。なるほど、と彼女らしさを感じて、とりあえず納得しておく。でも俺としては、ルリアナが妹って感じだけど。

穏やかに話す俺たちを横目に、インディクスは大きなため息をこぼす。

「まったく、緊張感の欠片もないな」

「良いじゃないか。緊張しすぎているよりマシさ」

それを隣で聞いていたユーレアスさんが答える。

彼の言葉を聞いてから、インディクスはもう一度大きくため息をこぼす。

「気を抜きすぎだと言っているんだよ。ここはもう、半分奴らの領域だ。さっきのスカルドラゴンも、魔王の差し金かもしれないのだぞ」

「それはまぁ……そうだね。だとしたらルートを変えるべきかな？」

「どうだろうね。どのルートでも結果は同じだと思うが？」

「じゃあこのまま直行で！」

「短絡的だな」

呆れるインディクスに、ユーレアスさんは胸を張って言う。

「大丈夫さ！　また襲ってきてもエイト君に落としてもらおう！」

「他力本願が過ぎるぞ」

「他人を頼る前に、マスターも働いてください」

「え？　なんでまた説教されてるの？」

やれやれ。あっちはあっちで緊張感がないな。

魔王城へ向かっている最中だというのに、普段通りすぎる。でもそうか。みんなが一緒にいれば、なんだってできる気がして、これから決戦……強大な敵と戦うのに、怖くないいんだ。

「エイト君、なんで笑ってるの？」

「ん？　いや、なんでも」

「またエッチなことでも考えていたんでしょ」

「えぇ～」

「ち、違うから！　というかまたってなんだ」

こういう時、何気なく冗談が言えることも……強さの一つなのかもしれないな。ただ、さすがにそろそろ気を引き締めるべきだ。

僅かずつだけど確実に、近づいている実感がある。俺たちの宿敵に。

「皆さま、じきに見えてきます」

セルスさんがそう言う。真面目で低い声が、俺たちの気を引き締める。不湿領域の嵐が収まってきていた。近づいている。どんどん……決戦の地へ。

そして遂に――

不湿領域を抜けた。その先に見えたのは、漆黒の城。薄暗い世界にそびえる巨大な城に、紫色の怪しい光が点々と灯っている。

「あれが……現魔王の城」

先代魔王の城から、なんとなくイメージしていた。それを超える禍々しさを感じる。

見た目に大きな差はない。王国にあるような城にも近い。なのに……城の黒さが、怪しさが際立って、見るだけで不安を煽る。

「あそこに魔王が……」

ん？

なんだ今、城の上部が光って――

「まずい」

何かに気づいたインディクスが焦った声で叫ぶ。

「衝撃に備えろ！」

次の瞬間、魔王城から高エネルギーの砲弾が放たれた。僅かに見えた光は、魔導装置発動の合図だったらしい。強力な攻撃に晒され、結界が破壊される。

「ぐっ……」

各々柱や壁に掴まり、衝撃に耐える。インディクスは操作を続けているが、明らかに城の高度が落ちていた。

「ねぇインディクス、これって」

「ああ、察しの通り……今ので飛行装置が壊れたな」

「やっぱりか」

インディクスとユーレアスさん。二人の淡々とした会話が聞こえたその後で、俺たちの城は墜落した。目の前に宿敵の城。あと少しでたどり着く。気の緩みはなく、万全の準備で臨んだ。それでも……。

「あと一歩足りなかったようだな」

「終わったみたいに言わないでくれるかな？　っ痛た……みんな無事かい？」

ユーレアスさんの声に四方から返答がある。

「大丈夫ー」

「お尻を打ったわ」

「くらくらするのじゃ～」

アレクシア、レナ、ルリアナが順に答えた。

他のみんなも衝撃で倒れはしたが、大きな外傷はなさそうだ。制御室そのものも壊れてはいないらしい。外の映像は変わらず見えている。

「お、落ちたんだよね？」

「ああ、墜落した」

「なんでこの部屋はビクともしてないんだ？」

俺が尋ねると、インディクスは呆れたように鼻で笑う。

「ふっ、馬鹿か？　ここは制御室だぞ？　核の次に重要な場所なのだから、頑丈に造ってある」

「ああ、そういう……」

お陰で助かった。

映像に映し出された外の建物は、さっきの衝撃で倒壊している。

これだけの質量が落ちたのだ。衝撃でこの部屋以外バラバラになってもおかしくなかったけど……どうやらそれは免れたらしい。ホッと胸を撫でおろす。

「安心している場合か？　よく見ろ」

「え？」

インディクスの視線の先。映し出された映像の端に、蠢く影が見える。徐々に近づくそれは、一つや二つではない。

「あれは……魔王軍配下の悪魔たちか」

「魔物も一緒にいるよ！」

「みたいだね。やれやれだ」

彼らはまっすぐこの城へ向かってきている。何が目的なのかは考えるまでもない。

「あれを突破しないと魔王城へはたどり着けない。僕らが相手するしかなさそうだね」

「んじゃ行くか」

アスランさんは拳と拳を突き合わせる。

気合は十分、覚悟もできているという表情で、俺たちにも問いかける。

「もちろん！　そのために来たんだから！　ね？　エイト君」

「ああ」

ここにいる誰一人、覚悟の決まってない者はいない。

俺たちは戦うために来たんだ。全員が立ち上がり、迫る敵の大群を見る。

「私はここに残る。城の回復を優先するが構わないな？」

「もちろん。じゃあエリザも残って、彼を手伝ってくれるかな？」

「了解しました」

「余計な気遣いは不要だよ」

「気遣いじゃない。必要だから言っているんだ」

そう言って、ユーレアスさんは杖で地面を叩く。コンという音を合図に、インディクスとエリザ以外が消える。

「ふっ、まぁ良い。早々に終わらせるぞ」

「了解しました。元マスター」

「その呼び方はやめてくれ」

ユーレアスさんの魔法で俺たちは転移した。

場所は城の外周。すでに眼前には、おびただしい数の魔物と悪魔たちが構えていた。それを見てアレクシアが呟く。

「すごい数だね」

「つっても所詮は有象無象だ。数いりゃ良いってわけじゃねぇーよ」

「いいえ、アスラン殿。雑兵ばかりではありませんよ」

そう言ってセルスさんは一点を睨む。

険しい表情で見つめる先に、アスランさんや俺たちも視線を合わせる。

大群の中心に、一人の悪魔が立っていた。腰に剣を携え、二本の角を有し、黄金の瞳でこちらを見据える。彼は微笑み、口を開く。

「お久しぶりですね、先生」

「ええ、久しいですね……ベルゼド」

「え、知り合いなのか」

「ベルゼドは爺の弟子じゃよ」

ルリアナの一言で、俺の疑問は早々に解消される。さっきからセルスさんの顔が異様に怖い。

その意味は、相手が自分の弟子で、敵として立っているからに他ならない。

「勇者とそのお仲間の方々ですね？　初めましての方も多いようなので、ここで挨拶をしておきましょう」

彼は優雅に礼儀正しく振る舞う。さながら人間の貴族のように。

「私は魔王様の側近、ベルゼドと申します。魔王様の命により、皆さまのお相手をさせていただきます」

「はっ！　悪魔とは思えない振る舞いだな」

「アスランも見習ったら？」

「そ、そういうこと言うなよフレミア……んで、どうする？　馬鹿正直に相手するか？」

ベルゼドと大群を無視して、後ろの魔王城に乗り込むのも手だと、アスランさんは言いたいのだろう。実際、魔王戦を控えている今、なるべく体力は温存しておきたい。するとセルスさんが言う。

「ルリアナ様、ここは私にお任せいただけますか？」

「爺」

「貴女のお力は、リブラルカとの戦いに必要です。ですので」

「そういうわけだから、アレクシアとエイト君も行っていいよ」

そう言ったのはユーレアスさんだった。彼と共にアスランさん、フレミアさんも前に出る。そしてもう一人。

「行きなさい」

「レナ」

「本当は私も一緒に行きたいけど、ここは私の力が必要みたいだから」

「……そうだね」

大群が相手だ。レナの強大な力は、こういう場でこそ発揮される。

「魔王は任せたわよ。それと、必ず帰ってきて」

「ああ」

「……じゃあ予約ね」

「え？」

不意に頬を挟まれて、気づけば唇が重なっていた。唇が離れて、アレクシアの羨ましそうな顔が目に入る。

「帰ってこなかったら思いっきり叩くわよ」

「死んだら叩けないけど？」

「その時は臨世まで行ってひっぱたくわ」

「ははは、それは困る。じゃ……意地でも戻るよ。三人で」

「ええ、待ってるわ」

目の前には魔物の大群。それを率いる幹部の眼光が鈍く光り、俺たちを威圧する。

アレクシアとルリアナ、そして俺が目指すは大群の後方に構える城だ。あの城の中に、現魔王がいる。

「まずどう突破するか……」

俺はぼそりと呟いて大群を改めて見る。

幹部もいるし、簡単には通してくれないだろう。あまり消耗したくはないが、言霊で行動を制限してから一気に突破するべきか。そう考えていたことがユーレアスさんにはわかったらしい。

「待ちたまえよ」

彼はポンと俺の肩を叩く。

「ユーレアスさん」

「こういう時は僕の出番だ」

そう言って、俺たちにしか聞こえない声でささやく。

「僕が杖で叩いたら、耳と目を塞いで」

彼はニヤリと笑みを浮かべ、持っていた杖をクルリと回転させる。

そのまま杖の柄を地面にぶつけた。すると瞬間、まばゆい光と耳に響く高音が鳴る。

ベルゼドも思わず耳と目を塞いだ。

「っ、これは――」

「今だよ！」

続けて彼の魔法で、光の橋を生成した。橋は俺の手前の地面から、大群の奥へと延びている。

すかさず飛び乗り、そのまま一気に駆け抜けた。悪魔と魔物たちが光と音で足止めされているうちに。

「こっちは任せて！　その代わり魔王は任せるよ！」

「うん！　行ってきます！」

「任せるのじゃ！」

「後で合流しましょう」

そうして俺たちは別れた。

片や魔王との決戦に向かい、残った彼らは大群と雌雄を決する。互いに自分たちの役割を果たし、再び会う時は全てが終わった後になるだろう。

「……行ってしまったね」

三人を見送ったユーレアスは、視線を隣に向ける。彼の隣にはレナが立っていた。

レナはエイトたちが走り抜けた先をじっと見つめている。

「本当に良かったのかい？」

「なんのこと？」

「エイト君たちの方に行っても良かったんだよ？　僕らは止めなかったし、彼も拒まなかったんじゃないかな？」

僕らというと、この場に残った全員を指していた。セルスを含めて、レナがエイトに抱いている特別な感情を知っている。エイト自身も知っているし、端から見ても明らかだ。

決戦の時。泣いても笑っても、この戦いで全てが決まる。だからこそ、大切な人の傍で戦いたいと思うのは、考えてみれば自然なことだ。

「ふっ」

けれども彼女は笑う。強がりではなく、呆れた笑いを見せる。そんなこともわからないのかと言いたげに、ユーレアスの顔を見つめる。

「馬鹿ね。そんなことありえないわ」

「どうしてだい？」

「私の力は一対一より多勢相手の方が向いているわ。それは私が一番わかっているし、エイトだってそう思っているはずよ。みんなだってそうでしょ？」

「それはまぁ……そうだね」

レナの力と戦闘スタイルは、彼女の言う通り多勢に向いている。彼女一人いるだけで、数での不利が打ち消されるほどだ。だからこそ、彼女は残ることを選んだ。愛する人の背中を、信頼できる仲間たちに任せて。

「そうは言っても心配じゃないのかい？」

「くどいわね。心配なんてしてないわ。だって、彼が負けるはずないもの」

レナは涼しい顔でそう断言した。彼女は知っているのだ。エイトが持つ強さを……その力が魔王なんかに劣らないことを。

それだけではない。今の彼には勇者と魔王も付いている。

「わかったらいい加減構えなさい」

「ふふっ、そうだね。どうやら迷いなんてなかったらしい」

「最初からそう言っているでしょ」

二人とも臨戦態勢に入る。アスランとフレミアも同様に武器を構えた。

魔物の群れに注意しつつ、中央に堂々と陣取る悪魔も警戒する。

誰が最初に攻め込むべきかを、言葉ではなくアイコンタクトで探っていく。

その最中に、セルスが口を開く。

「失礼ですが皆さん、ベルゼドの相手は私にお任せいただけませんか？」

セルスは鋭い眼光でベルゼドを睨み続けていた。

四人とも視線は前に固定しながら、セルスから発せられる殺気と怒りを感じる。

彼は続けて四人に言う。

「あれは私の弟子です。私が残してきた汚点でもある……どうかここは、私に自らの不始末を片付ける機会を頂きたい」

「そいつは構わねぇが……行けんのか？」

「無論です。アスラン殿」

数秒の沈黙を挟む。

「……わかった。じゃあ任せるからな」

「ありがとうございます」

「よし、オレたちは周りの魔物どもを蹴散らすぞ」

「「「了解」」」

合図はなく、全員の呼吸が揃ったタイミングでユーレアスが魔法を展開する。

「行くよ」

ユーレアスの足元に展開された巨大な魔法陣は、彼の頭上に無数の火球を生成。

火球は流星のように魔物たちへ降り注ぐ。続けてレナが地面を割り、魔物たちを分断。アスランは右を、レナは左を相手取る。フレミアはユーレアスより一歩下がり、三人の支援に専念する。

魔王配下の悪魔と魔物の大軍勢。視界を埋め尽くす群れに、アスランとレナが戦いを挑む。

「この数だ。悪いが手抜きはなしだぜ」

アスランは魔槍の力を最初から完全開放して構える。

突き穿つ一撃は、鋼鉄の鎧すら紙きれ同然に貫いてみせる。

さらには最速の脚で翻弄し、悪魔にも魔物にも捉えられない。

「くっそ槍使いが！」

「ちょこまか逃げるな！」

「はっ！　だったら掴まえてみろ！」

翻弄される悪魔たちを一突きで倒し、止まることなく次の獲物へ駆け抜ける。

一騎当千の戦いを見せるアスラン。しかしそんな彼に悪魔たちは臆さない。

「こっちにかかってこいよ槍使い！　お前らを殺せば幹部になれるんだ！」

「幹部ね。そうやって焚きつけられたか」

「ひゃっはー！」

「だけど残念だが、お前たちじゃ敵わないぜ」

死の恐怖をなくし、捨て身攻撃もアスランには届かない。本気になった彼の速度に追いつけるとしたら、勇者であるアレクシアくらいだろう。そして大地を裂かれた反対側では、レナが大群と相対していた。

「女だ！　ガキだ！　轢き殺せー！」

「うるさいわね」

レナが地面を踏みつける。直後に襲い掛かってくる悪魔たちだったが、地面が不自然な盛り上がり方をしていることに気づく。

「あ？　なんだこれ――」

「ぶっとびなさい」

「おえっ⁉」

巨大な柱が地面から突き出て、襲い掛かってきた悪魔たちを吹き飛ばす。

何が起こったのかわからないまま、悪魔たちは後方の魔王城に叩き落とされた。続けてレナは大地を操り猛追する。彼らに迫るスキを与えぬまま次から次へと攻撃を繰り出す。

豪快な攻めを前にして一方的になぶられる悪魔と魔物たちだったが、特大の地響きと共に攻撃が止む。

「おいおいチビガキ〜、いい気になってんじゃねーぞ〜」

レナを上から見下ろす巨体。十メートルはゆうに超えているその男にも悪魔の角が生えている。

「オーガ？　それともギガントとのハーフかしら」

「うあっはっはー！　俺にはそんな小さい攻撃なんて通じねーぞ！」

巨大な悪魔は問答無用にレナを踏み潰そうとする。レナはすかさず地面を変形させ大地の拳を突き上げた。

巨大悪魔の足と大地の拳がぶつかる。パワー比べには自信のあるレナだが、この勝負は足の方に軍配が上がる。

「ちっ」

「へーあっはっは！　効かんと言っただろうが馬鹿が！」

「……さっきからチビとか馬鹿とか……腹立つわね」

「あん？」

イライラしながらレナは地面を踏む。そのまま踏んだ地面が盛り上がり、どんどん形を変えていく。

「どっちがチビか確かめてみる？」

「な、ななな……」

出来上がったのは土人形、ゴーレムだ。それも特大サイズ。悪魔の巨大な体躯が霞むほどの……雲にすら手が届くゴーレムだった。それはまさしく、レナの苛立ちの大きさを表している。

「お、お、おおおお……」

「見上げたまま潰れなさい……おチビさん」

「ぐっ、ごえあ！」

特大ゴーレムの震脚で周囲の地形が歪んでしまう。

衝撃は四方へ伝わり、当然味方にも影響する。ただ彼らはレナの性格と力を知っていたから、そこまで驚かない。慌てふためく敵の隙を見つけては突いていくだけだった。

「いや〜、相変わらず派手だね〜」

「ちょっとユーレアス。貴方もちゃんと働きなさい」

「わかってますよー、フレミアさん。ちゃーんと援護はしますから。さて……」

　ユーレアスが真剣な表情で見たのは、セルスとベルゼドの様子だった。

　戦闘が始まり数分。彼らは未だ動かない。

「あっちは……とりあえず援護はいらないか」

　向かい合う師弟。周囲で轟音が響き、大地が揺れようとも眉一つ動かさない。ただまっすぐ己が相手を見据えている。

「良かったのですか？」

「何がです？」

「彼らを通したことですよ。貴方のことだ……虚を突かれたとしても策は準備していたはずでしょう」

「ふっ、さすが先生ですね。その通りですが、なんの問題もありませんよ」

　ベルゼドは余裕の表情を見せる。それに対してセルスは眉を顰め問いかける。

「問題ないとは？　貴方の役目は我々の足止めだったはず」

「ええ、ですが元から彼らは通すつもりでいました。まぁ先代の子は予定外でしたが……さして問題にならないでしょう。魔王様が負けることなどありえない」

「……過剰な自信ですね」

「適切ですよ。それより先生はご自分の心配をされた方が良い」

刹那。ベルゼドが剣を抜く。

文字通り一瞬のうちに接近して、セルスの喉元に刃を向ける。しかしこれを読んでいたセルスは問題なく剣で受け止めた。

「心配とは？」

「ふっ、この程度は受けますか。ならばお教えしましょう。私はもう先生を超えているということを」

剣と剣の応酬が始まる。常人は当然、達人ですら取られるのがやっとな攻防が繰り広げられる。

互いに動きを知っている者同士。読み合い、駆け引きを交えて剣を打ち合う。

「先生の剣技は素晴らしいです。ただ貴方は老いている。それも事実」

「くっ」

セルスが徐々に押され始める。

「わかりますか先生、膂力も魔力も私の方が上回っている。かつての私ではない！　老い続ける貴方ではもう勝てないのですよ！」

「っ……」

「どうしますか？　今ならまだこちらに戻ることもできますよ？　先生の力は魔王様も高く評価されています」

まさしく悪魔のささやき。

「戻る？　私の主は元より一人、貴方たちとは違う」

「それは残念です。ならばここで――」

「それともう一つ」

激しい剣戟の応酬の中で、セルスは大きく隙を作る。

わざとらしく空けられた胴に、ベルゼドの剣が反射的に反応した。

「しまっ」

と思っても手遅れ。わざと隙を作っていたセルスは簡単に躱し、ベルゼドの肩を斬りつける。

「ぐっ……」

「確かに膂力も魔力も貴方が上です。しかし剣技において、私が貴方に後れを取ることはない」

「……先生」

「覚悟しなさいベルゼド。年季の違いというものを教えて差し上げましょう」

◇◇◇

ベルゼドは子供の頃から賢い悪魔でした。生まれてすぐに言葉を理解し、魔力の使い方を理解してみせた。

人の間ではこういう者を天才と呼ぶようですが、まさしく彼はそれだった。彼は生まれながらに特別で、何もかもが秀でていた。

そんな彼が――

「セルス様！　私に剣術を教えていただけませんか？」

「君は……確かベルゼド」

「私のことをご存じなのですか？　とても嬉しいです」

「君は有名ですよ。幼くして魔術を学び、大人顔負けの実力者となった。いずれは幹部になるだろうと噂されている」

噂は私の耳にも届いていました。当時から魔王様の側近である私には、有能な人材の話が舞い込んでくる。彼のことも知っていたし、魔王様も知っておられたでしょう。

「その君が、私に剣を習いたいと？」

「はい！」

「どうしてですか？　貴方は見たところ、力を求めているわけでもなさそうですが」

「はい。力そのものを欲しているわけではありません。私は……セルス様の剣技を見て感動しました。これほど洗礼され美しい剣技を見たことがない。だから私も、セルス様のように剣を振るってみたいと」

彼は目を輝かせながら気持ちを込めた言葉で、そう語ってくれました。わかりやすく言い換えれば憧れでしょう。

彼は優秀で大抵のことは習うまでもなくできてしまう。故に物足りなさを感じていたのだと推測できます。そこで私の剣技という、自分にもできるかわからないものを目の当たりにして、彼の興味は一杯に満ちたようです。

「なるほど……」

私は一目見て理解した。彼は純粋だ。悪魔とは思えないほどに……いいや、ある意味悪魔らしいほどに。だからこそ怖いとも思う。純粋すぎて、何色にも染まってしまいそうで。

「……駄目、でしょうか？」

「ふむ」

彼はまだ何色にも染まっていない。綺麗で広いキャンバスを、私が染めてしまって良いのか……という思いもある一方で、不安もある。

彼は優秀で、いずれ強大な力を得るだろう。

そうなった時に、果たして我々にとっての味方になるのか。純粋な彼が、どう染まってしまうのか。いずれ敵となるなら……。

「わかりました。君に剣を教えましょう」

「本当ですか⁉」

「ええ」

「ありがとうございます！」

別に感謝されることではない。なぜなら私は、彼を近くに置くことで制御しようとしていたのだから。魔王様や我々にとって害でなく、有力な味方となるように指導するつもりでいました。

「これからよろしくお願いします！　先生！」

「先生……ですか」

そう呼ばれたのは生まれて初めてで、少し新鮮には感じました。

最初はそれだけで、自分たちの都合で彼を弟子にしたのです。大人が子供を従わせるための教育みたいなもの……我ながらずるいと思いました。

しかし……時間が経つにつれ、私にも師としての自覚などという意識が芽生えていったのです。

彼の成長速度は著しく、私が教えたことをどんどん吸収して大きくなりました。

そんな彼が誇らしく、育てた者として嬉しかった。

「先生！」

「なんですか？　ベルゼド」

先生と呼ばれることも、彼が私を慕ってくれていると実感できて悪い気分ではなかったと思います。

そうして過ごすうちに、私はすっかり忘れてしまいました。どうして私が、彼を弟子にしたのか。

別に忘れても良かったのでしょう。所詮は大人の都合で、子供を上手く誘導しようとしていただけなので。ただ……彼に関しては、それが正しかった。

私は彼の純粋さを知りながら、それを見誤ってしまったのだから。

「年季の違い……ですか」
「ベルゼド、貴方は強くなりました。しかしまだ……幼い」
「ふふっ、そうでしょうね。長い時間を生きてきた先生にとっては、私はまだまだ幼い子供と同じでしょう」

「……そういう意味ではありませんよ」

　彼は成長した。それでも尚、純粋さが残っている。故に彼は、現魔王であるリブラルカの言葉に従ってしまった。

　奴の言葉が、ベルゼドの内にある悪魔の本質に語り掛け、目覚めさせてしまった。

　どれほど純粋で素直でも、彼は悪魔なのだと。

　悪魔の本質である支配欲と、強さを求める貪欲さ……それらが彼の純粋さを染めてしまったのでしょう。

「私の失敗……私の罪ですね」

「何を言っているのですか？　先生」

「……いいえ、ただの独り言です」

　そう、独り言です。

　道を違えてしまった今は、何を言っても後の祭り。事ここに及んでは、もはや戦う以外の選択肢はない。今から思い返せば、私は最初から予感していた。いずれ私たちが……こうなることを。

「ベルゼド、私からも問います。貴方は……こちらに戻ってくる気はありませんか？」

「……ふっ、残念ですがありえません。私はそちらに魅力を感じない」

「そうですか。そう言うと思いました……ならば続きを始めましょう」

「ええ、教えていただけますか？　年季の違いというものを」

　私たちは剣を構えなおす。私はこの戦いで、弟子を殺すかもしれない。それも含めて、私が犯した罪だ。

セルスとベルゼド、二人の悪魔は睨み合う。剣を構えてピクリともせず、ただ眼光で火花を散らす。彼らは師弟で、互いに互いの戦い方を知っている。故に二人は動かない。先に動けばカウンターを受けることは明白だからである。

「先生は本気で、あの者たちが魔王様に勝てると思っているのですか？」

「当たり前です。そうでなければここに来ていない」

「へぇ……ですが私の見立てでは、先代の娘も勇者もまだ未成熟のようですが？」

「それはそうでしょう。皆、これから見違えるほどに成長する」

二人は会話を交わす。会話の内容に意味はなく、ただ時間をかけ揺さぶっているに過ぎない。

互いに隙がないから、口で動揺を誘おうという肚だ。しかしこれも効果は薄い。お互いにこの程度で揺れるほど、弱い精神は持ち合わせていない。

二人は呼吸を整える。力を入れるタイミングが、息を吸いきった直後。腹に力を入れ、片脚を軸にしてもう一方の脚で地面を蹴り出す。

奇しくも動き出したタイミングは同じだった。前進して、剣を交える。刃と刃がぶつかり合う音が戦場に響く。

「読み合いでも先生には負けません」

「それはどうでしょうね？」

ベルゼドは地面から違和感を感じ取る。

瞬時に視線を下ろしてみると、地面がぬかるみ足が沈んでいった。

「これは――」

「読みが外れましたか？」

バランスを崩した隙を突いて、セルスが大きく剣を薙ぐ。ベルゼドはその攻撃を剣で受けるが、足がぬかるみ踏ん張りがきかず、後方に大きく飛ばされてしまう。

「ぐっ……」

「まだですよ」

吹き飛ばされるベルゼドにセルスは追い打ちをかける。急接近して背後に回り、そのまま蹴りを入れて上空へと突き上げる。さらに追撃は続く。

今度は上空に移動して、ベルゼドの腹に踵落としを食らわせる。

「ごあっ」

唾を吐き出したベルゼドは、そのまま地面へと叩きつけられる。凄まじい衝撃によって地面は抉れ、土煙が立ち上る。上空で土煙を見下ろすセルスは言う。

「出てきなさい。これで終わりではないでしょう？」

「――ええ」

土煙が渦を巻き、一瞬にして四方に散る。

明瞭になったセルスの視界の先に、堂々と立つベルゼドの姿があった。

傷を負っている様子はなく、彼は服に付いた土を払う。

「まったく、汚い戦い方をしますね」

「戦いに綺麗も汚いもありませんよ？　勝つために最善を尽くすこと……それ以上のことは必要あ

りません。そう教えたはずですよ？」

「ええ、私も同じですよ」

ベルゼドはパチンと指を鳴らす。次の瞬間、上空にいるセルスは透明な壁に囲まれてしまう。

「これは多重結界ですか」

「その通りです。先ほど飛ばされた時に仕掛けておきました」

捕らえられたセルスは結界に触れる。

バチンと激しい音を立てて弾かれ、触れた手がじりじりと焼け焦げている。

「先に言っておきますが転移による移動はできませんよ」

「なるほど、それで？　捕らえてどうするつもりです？」

「無論、このまま押し潰します」

ベルゼドは再び指を鳴らす。すると結界は徐々に小さくなり始める。

押し潰すというのは言葉通り、結界の壁で潰すという意味。そして結界の壁は魔法を反射する性質を持っていた。

セルスは先ほど触れた時、その性質を理解している。

二人は剣士でない。かといって魔術師でもない。

二人にとって、どちらも手段に過ぎないのだ。相手を殺すための手段として、彼らは剣技を、魔法を身に付けた。故に剣士らしい戦い方も、魔法使いらしい戦い方もしない。

彼らは貪欲に、相手を殺す最善の方法を探す。使える手はなんでも使うし、卑怯と罵られることを恐れない。

セルスは迫りくる結界の壁を左右交互に見る。

「短時間で破壊可能な密度ではありませんね」

「もちろんです。薄い壁では先生を殺せません」

「確かに良い手だ」

魔法による破壊、避難は不可能。物理的な手段で破壊しようにも、結界の強度から逆算して十秒以上かかってしまう。その前に押し潰されるのは明白だった。しかしセルスは動じず、落ち着いた表情で賛辞を贈る。

「よく一瞬でこれだけの結界を生み出しましたね。ただ、仕掛けるポイントを見誤っていますよ」

「何を言って……まさか」

「そうです。よく目を凝らしなさい」

ベルゼドは言われた通りに目を凝らす。すると徐々に、結界の中に閉じ込められていたセルスの姿が霞んでいき、半透明になって消えてなくなる。

「わかりましたか？」

「……幻術」

セルスは結界の外に立っていた。小さくなっていく結界を、安全な場所から彼は見送る。

「私が見ていたのは偽りの先生だった……ということですか」

「はい」

「一体いつ……いや」

ベルゼドは気づく。いつからではなく、今現在も幻術は続いていることに。つまり、彼が見ているセルスもまた偽物。

　本物はすでに――

「後ろ！」

「よく気づきました。しかし一手遅い」

　背後に回っていたセルスの刃が、ベルゼドの胸を斬り裂く。

「ぐぁ……」

「これが年季の違いです」

　舞い上がる血しぶきが地面を濡らす。胸を押さえながら後ずさるベルゼドは、セルスを強く睨みつけた。

　右肩から左脇にかけて、斬撃によってできた傷から血が流れ出る。悪魔の血も人間同様に赤い。生き物である以上、当然痛みも感じる。セルスを睨むベルゼドの表情からは、苦痛に耐えている様子がうかがえる。傷口を手で押さえるベルゼドに、セルスは見透かしたように言う。

「どうしましたか？　その程度の傷なら、なんの問題もなく治癒できるでしょう？」

「……ふっ」

　ベルゼドは小さく笑い、傷口から手を離す。すでに傷口は塞がっていて、流れ出る血も止まっていた。

　悪魔は人間よりも頑丈にできている。人間なら即死の攻撃も、悪魔にとっては致命傷にはならない。さらに魔力量に比例して、自己治癒能力も高くなる。ベルゼドほどの悪魔なら、一撃で即死するか、魔力が尽きない限り死ぬことはない。

「やはり騙せませんか。油断してもらおうと思ったのに残念です」

「油断などするつもりはありません。貴方の命が消えるまで、私は剣を振るい続ける」

「……先生は変わらない。本当に容赦がない」

「他人なら……あるいは、手加減できたかもしれませんね」

セルスは剣を握る力を強める。

彼の脳裏に過っているのは、弟子と過ごした日々。一日ごとに確かな成長を見せる彼に、セルスは期待していた。それと同じくらい、負けたくないとも思っていた。

「ベルゼド、貴方は強い。それを誰より知っている私が、どうして手を抜けるというのですか」

かつての弟子だからこそ、力を認めているからこそ。セルスは一歩も引くことはない。

「ふっ、ふふ……本当に先生は変わらない。目の前のことしか見えていないんですよ。先生こそ、私と戦わずに王の元へ行くべきだったのに」

「……私がいなくとも、あの三人なら心配はいりませんよ」

「まだそんな甘いことを言いますか。貴方は知っているはずだ。我が王の力を」

「ええ。だからこそ私がここに残ったのです」

エイトたちの戦いに、邪魔な雑音を立てさせない。彼らの勝利を信じているからこそ、妨げになる要因は排除する。それこそが自分の役目だと確信し、セルスは切っ先をベルゼドに改めて向ける。

「構えなさい、ベルゼド。貴方は私から一時も目を離すべきではありません」

「……本当に……相変わらずだよ先生」

　雑兵とベルゼドをみんなに任せた俺たちは、魔王城の中をひた走る。

　人間には大きすぎる廊下に、各部屋の扉は重厚で、まさに悪魔の城に相応しい佇まい。しかし意外なことに、俺たち以外の姿が見えない。

「おかしいね。なんで誰もいないのかな？」

「確かに不自然じゃが、罠の類も感じ取れん」

「本当にただ誰もいないってだけみたいだね」

　俺たちは警戒しながら走る。

　悪魔たちの巣窟(そうくつ)である魔王城。外と同様に大軍が待ち構えているかと思ったが、そういうわけではないようだ。誰もいないことになんらかの意味があるのかと警戒しつつ、俺たちは先へ進む。

　依然として敵の姿はない。しかし近づくほどに強大な一つの気配が強くなる。

　俺たちが目指している最上階に、おそらく魔王リブラルカはいる。そのことだけは、漏れ流れる重たい魔力が物語っていた。

　そして遂に、俺たちは対峙する。

「ようこそ。愚かな人間と、過去の遺物」

　現魔王リブラルカ。かつての魔王サタグレアの側近。先代魔王を殺した張本人だ。

　その容姿はサタグレアとは対照的に、ゴツゴツとした歪な角と、黒い肌に紫色の瞳。一目で悪魔だとハッキリわかる容姿は、逆に俺たちを冷静にさせる。彼は玉座に座り待ち構えていた。

下では部下たちが死力を尽くして戦っているのに、王である彼は何もせず、ただ俺たちを待っていた。その態度に、少なからず怒りを感じてしまう。

ルリアナは特に……。

「お前がリブラルカ……父上を裏切った」

「その通りだ」

彼はなんの言い訳もなく、あっさりと肯定した。表情や声色からも、一切悪いと思っていないことが伝わる。ルリアナは激怒する。

「なぜじゃ！　なぜ父上を裏切った！」

「今更その説明がいるのか？　そんなものとっくに理解しているはずだろう？　それとも子供故の癇癪か。先代と同じで哀れ極まる」

「父上を侮辱するな！　お前なんて父上の足元にも及ばん！　今から妾がそれを証明して――」

「落ち着いて！」

俺はなるべく大きな声で、広い部屋中に響き渡るように叫んだ。リブラルカの挑発に乗せられ、頭に血が昇ってしまっては相手の思うつぼだ。感情を抑えるようにと、俺はルリアナの肩を叩く。

「気持ちは一緒だ。俺たちはあいつを倒すためにここまで来たんだから」

「エイト……」

言霊なんて必要ない。思いを込めて伝えれば、気持ちは届くだろう。それに、俺たちには頼もしい味方もいる。

「ボクたちで、だよルリアナちゃん！　魔王を倒すのは勇者の役目なんだからね！」

「アレクシアの言う通りだ。怒りたい気持ちは一先ず置いておこう。言いたいことは全部、剣に、拳に、力に乗せよう」

「……そうじゃな。そうじゃった！」

怒りを吹っ切ったルリアナが、清々しい笑顔を見せる。

そんな彼女を見たリブラルカは、つまらなそうにため息をこぼす。

「下らない感情論だ。まったく嫌になるほど似ているな……この親子は」

リブラルカの目つきが冷たさを増す。すでに臨戦態勢の俺たちに対し、リブラルカは未だ玉座から動かない。座ったままの姿勢で余裕そうに、ルリアナを煽る。

「元魔王の娘、お前は恥ずかしくはないのか？　魔王の血を引きながら、人間の助力を受けるなど」

「恥ずかしくない。二人は妾の大切な友人じゃ」

「友人？　それこそ魔王には不要なものじゃないか。弱い生物特有の群れを成す哀れな行為。そこも先代と同じなのか。つくづく相応しくないな」

「『黙れ』」

リブラルカが口を閉じる。ルリアナが意外そうな顔をして、俺の方へ視線を向けた。

落ち着けと制止した俺が、感情のままに力を振るっているから、驚いてしまったのだろう。

本当は最初から苛立っていた。彼女の父親、先代魔王は俺にとっても父親みたいな存在だ。実際に声を聞いて、期待されていることを知って、それに応えたいと心から思った。

先代こそ王に相応しい。そう思っているからこそ、勘違いで玉座に座る奴を、黙って見ていることはできない。

幸いなことに俺の能力は、強い感情を込めるほど力が増す。頭はクリアにしながら、言葉だけに感情を乗せる。

「くっくく……これがお前の言霊。先代から受け継いだ力か！」

「こいつ……」

言霊による縛りを無理やり解いた。セルスさんもできていたし、今さら驚きはしないけど。

先代との邂逅、ルリアナの覚醒を経て、俺の言霊も強さを増している。あの時よりも強力になっているはずだから、それを解除するリブラルカの力は確かということになる。

「悪くはない。だが所詮は人間、悪魔の領域には届かない」

「偽物の癖によく舌が回るな」

「……偽物かどうかは、味わってから知るといい」

リブラルカの雰囲気が変わる。冷たい視線はもっと濃くなり、漏れ出す魔力で背筋が凍る。

彼はゆっくりと、その口を開き――

「『ひれ伏せ』」

命令一言。リブラルカは俺と同じ言霊を行使した。直後、強力な圧力によって三人とも地面に膝を突く。ギリギリ顔をつかないように手と膝で耐えながら、玉座でニヤリと笑うリブラルカを見る。

「どうだ？　これが本物の力だ。貴様程度とは比べ物にならんだろう？」

「……確かに……強い。けど！」

俺は大きく息を吸う。その全てを吐き出すように、大口を開けて叫ぶ。

「『立ち上がれ』！」

言霊とは、言葉に魔力を乗せて放つことで、強制的に相手を従わせる力。解除する簡単な方法は、より強い言霊で上書きすること。

言霊のことを知っていたインディクス曰く、言霊使い同士であれば、言葉に乗せる魔力量と意志の強さで優劣が決まる。

相手は曲がりなりにも現魔王。魔力量では敵わない。だけど——

「『怯むな』！」

俺たちは立ち上がる。リブラルカの言霊に抗い、確かに二本足で。

「『前を見ろ』！」

魔力で劣っていようとも、意志の強さでは誰にも負けない。思えば、俺はいつだって意志だけで戦ってきたようなものだ。

「『勝利を手にするまで、絶対に倒れるな』！」

力なんて大したことはない。大事なのは、その力に屈しない強い心。俺たちにとってそれは標準装備だ。

「くくっ、愚かな」

あざ笑うリブラルカを黒い影が覆う。頭上に視線を上げると、アレクシアが聖剣を振り上げて迫っていた。そのまま玉座に向けて振り下ろす。

「いきなり襲い掛かってくるとはな」

「ごめんね！　ボクって難しい話が苦手なんだ！」

リブラルカは攻撃を回避した。代わりに玉座は粉々になったが、当人に怪我はない。アレクシアは続けて猛追する。

「それに挨拶ならいらないでしょ！　ボクは勇者でお前は魔王！　戦う理由はわかってるんだ！」

「それもそうだな！」

「っ……」

アレクシアの斬撃が弾かれる。気づけばリブラルカの手には、どこからか取り出した魔剣が握られていた。

禍々しいオーラを放つ漆黒の剣。形状や雰囲気はモードレスが使っていた剣と酷似している。

「その剣！」

「どうした？　見覚えでもあったか？」

「別に！」

アレクシアは間合いを詰めて聖剣を横に振るう。体格差がある以上、懐に入らなければ切っ先は届かない。しかし近づきすぎれば当然、一定のリスクはある。

「怖い怖い。その一振りが致命傷になりえる。だからこそ確実に殺しておこう」

「ぐっ……」

リブラルカの影が浮き上がり、刃の形になってアレクシアを襲う。咄嗟に回避した彼女だったが、身体中に切り傷を受けてしまう。

「よく躱した。だが遅いな」

「『動くな』」

「っ――人間が」

影の刃で追撃しようとしたリブラルカを、俺の言霊が止めた。リブラルカは俺を睨む。

「いいのか？　俺を見ていて」

「そうじゃ！　妾を忘れるでないぞ！」

「ぐうっ！　これは……」

重力操作。すでに魔王の特権を発動していたルリアナが、リブラルカを高重力で押し潰す。

「どうじゃリブラルカ！　これが妾の力じゃ！」

「っ、確かに悪くはない」

「ふっ、今更気づいても手遅れじゃ！　今じゃアレクシア！」

「うん！」

アレクシアが聖剣を力強く握り、動けないリブラルカに迫る。

俺の言霊と、ルリアナの重力。二つの力で拘束されれば、いかにリブラルカでも動けない。勝負はついた、と俺たちが思った直後。

「やはり甘い」

リブラルカが笑う。そして世界は、透明な氷の大地へと変化した。

「なっ！」

アレクシアが動きを止める。世界の変化に動揺したわけではなく、下半身が凍結して動けなくなっていた。俺とルリアナの身体にも氷がまとわりつく。なんの前触れもなく世界が一変した。空は青ではなく紫色で、地の果ては見えない。ただ氷に覆われた大地に、俺たちは立っていた。

「空間転移？　いやこれは……」

ルリアナが唇を噛みしめるように言う。そう、これは先代の魔王が使っていた特権。

「父上の……力じゃ」

「空間支配か」

「それだけじゃないよ！　あの剣はやっぱりモードレスの剣だし、動きもあいつと同じだ！」

アレクシアが叫ぶ。彼女はずっと違和感を感じていたようだ。その違和感は勘違いではなく事実。

リブラルカは先代の力を扱い、モードレスの剣を振るっている。

「聞いていた通りじゃな。奴の能力は……」

「完全模倣」

あらゆる力を模倣し、自身の力へと変換する。それこそがリブラルカの能力だ。リブラルカは相手の力を観察、理解することで自身の力へと変換できる。

モードレスの剣と剣技。さらに先代魔王サタグレアの特権まで使用してみせたリブラルカに、俺たちは警戒を強める。

「『砕けろ』！」

俺は言霊でみんなの凍結を解除。動けるようになってから、続けてリブラルカの動きを止めようと口を開く。

「さっきのお返しだ！　『ひれ伏――』」

せ、の一言まで発したつもりだった。いや、厳密には発していたのだが、声として届かなかった。

リブラルカはニヤリと笑う。

「っ……」

「エイト君!? どうしたの！」

呼吸が……。

俺は苦しい胸を押さえながら膝をつく。

「言霊も所詮は音、空気の振動だ。ならばその空気をなくしてしまえば良い」

「く……」

まさしくその通り、返す言葉もない。空気がなくなって言葉を発せないから、どっちみち無理だけど。しかしこのパターンは想定済み。

俺は肺に残った空気を押し出しながら、自分にしか聞こえない声で『散れ』と口にする。

「——かはっ！ はぁ……ふぅー」

「ほう、そうか。自分に対する言霊なら、肺に残った空気だけで足りたか」

空気は回復したが一時的な酸欠で意識が朦朧とする。苦しそうな俺を見て、二人が怒り、リブラルカに向かっていく。

「よくもエイト君を！」

「押し潰してやるのじゃ！」

「待って……」

「そう考えなしに動かない方が良いぞ？ 何せお前たちの敵は我だけではない」

ニヤリと笑うリブラルカ。地面の氷がバキバキと砕け、亀裂から氷のドラゴンが生成される。さらには氷の茨に氷の棘、あらゆる形を成し、二人に襲い掛かっていく。

「っ、こ、これって……」

「なんじゃ！」

「この空間はリブラルカが生成したものだ！　周りにある物全てが奴の手足であり力なんだよ！」

叫んだ俺の声を聞き、二人は焦りを表情に出す。

襲い掛かる氷の敵に翻弄されながら、回避と防御に手を回し、一旦俺の元に集まる。

「エイト君！　これじゃ近づけないよ」

「どうするのじゃ！」

「ルリアナの特権で空間全て重力で押し潰すんだ！」

「なっ、それじゃエイトたちも巻き添えになるぞ！」

心配するルリアナに、俺は小さく頷いてから続ける。

「それで良い！　あれが先代の特権なら、同じ特権じゃないと対抗できない。このままだとずっとあいつのペースだ」

「じゃ、じゃ……」

「大丈夫！　ボクは勇者だから重力なんてへっちゃらだよ！　エイトだって！」

「ああ。俺たちはルリアナを信じてる。だからルリアナも」

大丈夫だと伝えるように、俺とアレクシアは力強い視線をルリアナに向ける。

心配してくれる気持ちを汲みつつ、勝てる最善の手を打つ。今はそれが一番正しい。

「わかったのじゃ！」

それを理解してくれたルリアナが、最大出力で特権を発動。氷の大地が激しい亀裂音を立てながら砕けていく。リブラルカも強大な重力を感じ、両肩がずしんと下がる。

「空間の制御を抑えるつもりか？　だがこれではお前たちも動けまい」

「それはどうかな？」

油断したリブラルカの背後から、アレクシアが聖剣を振るう。

反応から対応までが重力で遅れたリブラルカは、背中に斬撃を受ける。

「ぐっ……馬鹿な！　なぜ動ける！」

「ボクが勇者だからだよ！」

堂々と叫ぶアレクシアだが、もちろんそれだけじゃない。俺の本職は付与術師だ。高重力下でも活動できるように『抗重力』を付与しておいた。俺の魔力が続く限り、彼女を重力から守る。

「妾も動けるのじゃ！　魔王だから！」

そして元気なのがもう一人。ルリアナが特権を発動している以上、彼女にその効果は効かない。

俺は付与に力を注いでいて満足に動けないけど、自由に動ける二人がいれば、のろくなった魔王擬きなんて敵じゃない。

「チッ、調子に乗るなよ」

珍しく感情的な表情を見せたリブラルカは、空間支配の特権を再度発動。今度は全員が水中に引きずり込まれてしまう。

水中では地上ほどの動きは出せない。重力による影響も、水中と地上では大きく異なる。

（これで自由には動けまい）

と、リブラルカは思っているだろう。俺の言霊も、水中では届かない。が、当然この程度のことは想定済みだ。アレクシアは水中を蹴り、左右に駆け回ってリブラルカに迫る。

（馬鹿な！　なぜそこまで動ける⁉）

きっと驚いているだろう。

しゃべれないから伝えられないが、戦闘に入る前からすでに、俺たちの身体にはいくつかの付与を施してある。以前は付与できる数に制限があったが、ルリアナの力が覚醒したことをきっかけに、俺の力も成長した。お陰で今は、付与する数に制限がない。

『水中呼吸』と『水中歩法』を付与すれば、水中でも機敏に動けるし呼吸もできる。

ハンデにはなりえない。

水中では不利になると考えたのか、早々にリブラルカは次の空間を生成。

「今度は空か」

水中から空への空間変化。立て続けに景色が変わることで、若干の気持ち悪さを感じる。

「先に言っておくけど、空中だろうと俺たちには関係ないよ」

「そう！　エイト君は凄いからね！」

アレクシアは空気を蹴り出し、リブラルカに聖剣を振るう。聖剣の一撃をリブラルカはモードレスの剣で受け流し、すかさず距離を取ろうとする。そんな彼の背後を取ったルリアナが、思いっきり拳を入れる。

「ぬかったなリブラルカ！　空中は妾の十八番（おはこ）じゃ！」

「っ、小娘が」

リブラルカの空間支配にも対応できている。徐々に動きも慣れてきた。二人とも緊張が和らぎ、本来の自由な動きが際立ってきている。戦況的には優勢。だが、この程度で終わるとは思えない。

一抹の不安を感じた直後——

「開門」

「え——」

それは本来、俺が口にするべき言葉。千の剣を収納した武器庫の解錠を意味する。

かつてアービスが使っていた武器庫の魔導具。所有者の魔力と肉声に反応して、中から大量の武器を出し入れできる。その性質上、所有者以外に開閉はできない。

ただし例外が一つだけ存在する。より強力な言霊であれば、強制的に所有権を奪える。

「くそっ、閉門！」

「もう遅いぞ」

武器庫から千の剣が飛び出す。さっきの一言によって中身の所有権まで変わってしまった。付与が施された無数の剣が、これまで強敵と戦ってきた剣たちが、今は俺たちを斬り裂こうと迫ってくる。

「『止まれ』」

迫る剣を言霊で止める。元は自分で施した付与によって動いている剣だ。今の俺なら難なく止められるけど、全ての所有権を奪い返すには時間がかかる。何より千という本数は多い。アレクシアとルリアナにも俺の剣が迫る。

「これはエイト君の剣だよ！」

「今は我の剣だ」

「この！」

アレクシアも襲い掛かる剣の対応に追われる。ルリアナと俺も同様。これではいずれ隙を突かれる。

「ルリアナ！」

「わかってるのじゃ！」

その前に、彼女の特権で全て叩き落とす。例によって俺たちにも影響する広範囲の重力だ。さっきはアレクシアだけだったけど、俺にも『抗重力』を付与する。一瞬なら耐えられるはずだ。

「うっ」

「ぐっ、これで良い」

落ちていった剣たちには悪いと思う。これまで一緒に戦ってきた相棒みたいな存在だから。それでも今は、あいつを倒すことだけを考えなければ。

「リブラルカ！」

「ふっ」

瞬間、俺たちは空中から地面に移動する。正確には移動したのではなく、リブラルカの特権で空間が変化した。

硬い黒曜石の地面だ。なぜこのタイミングで地上に戻したのか、その理由はすぐにわかった。

俺たちは全員、重力に負けて地面に伏せる。そう、俺とアレクシアだけではなく、ルリアナも含めて。

「重力支配、なかなかに良い力だ」

「な、なんじゃと……」

地面に頬をつけながら、悔しそうにリブラルカを見つめるルリアナ。

リブラルカの能力は模倣。相手を観察し、理解することで自らの力とする。つまりそれは、何度も見せ続ければいずれ、俺たちの力も模倣されてしまうということ。

わかっていたことだ。予想はできていた。だからこそ短期決戦を仕掛けて、防御より攻撃に比重を置いていた。

「っ、予想より早い……」

こうも早くルリアナの特権を模倣されるとは。元から一番懸念していた力だし、その前に決着をつけたかった。

「妾の力を……」

「もうお前だけの力じゃない。これからは我の力でもある」

「お、お前は……」

「挑発に乗るなルリアナ！　それより重力を反転させるんだ！」

ルリアナの力も同じく重力操作。重くされたなら、反対に軽くすれば相殺できる。特権を再発動したことで、俺たちの身体は徐々に軽くなっていく。

「頑張るではないか。しかしそれではもう、先ほどまでの戦い方はできないぞ？」

まさにその通り。ルリアナの重力操作は今後常に、リブラルカの重力の相殺に使わなくてはならない。実質ルリアナを無力化しているに等しい。加えて俺は武器の大半を失った。この時点でかなり不利になったのは事実だ。でも……。

「まだボクがいるよ！」

「未熟な勇者一人で何ができる？」

アレクシアが単身でリブラルカに戦いを挑む。無謀ではあるが状況的に仕方がない。

現状でリブラルカとまともに戦えるのは彼女だけ。俺の言霊も効果が薄くなってきている。魔力もかなり消耗してしまったし、乱発はできないだろう。

「エイト、すまないのじゃ……」

「そんな顔しないで。まだ終わってない。ちゃんと手はある」

「本当か！」

「ああ、そのためにはルリアナの力もいるんだ。頼りにしてるよ」

そう言って安心させるように、俺は彼女の頭を軽く撫でる。目の前でアレクシアが命がけで戦っているというのに。落ち込んでいる妹を慰める兄の気持ち……なのかな。

「二人の戦いを見るんだ。チャンスは一瞬、でもアレクシアなら必ず作り出す」

「わかったのじゃ」

初手のタイミングは完全にアレクシア頼りだ。まともに戦える彼女だけが、唯一リブラルカを追い込める。俺にできることはせめて、可能な限り彼女に付与を施すこと。

「『身体強化』、『痛覚鈍化』、『反応速度向上』、『視野選択』、『魔力循環』……やれるだけ助力はする。後はアレクシア、君にかける！」

なんとも他力本願だ。それでも、彼女に期待する気持ちに嘘はない。

なぜなら彼女は勇者だから。勇者とは、人々の期待を背負う存在なのだから。

「頑張れ！」

「任せて！　ボクは負けないよ！」

その直後からアレクシアの動きが格段に良くなる。足運びに迷いがなくなり、剣速も上昇した。

重力と空間、モードレスの剣技を持つリブラルカと互角に渡り合う。

「急に動きが良くなったな。何をした？」

「何もしてないよ！　ただエイト君が頑張れって言ってくれたから！」

「根性論か。人間の一番愚かしい価値観だ！」

リブラルカも引かない。おそらく彼が最も警戒するのは、アレクシアの聖剣だろう。彼の力をもってしても、勇者の力だけは模倣できない。だからこそリブラルカは、彼女の力を底上げする要因を先に排除した。

俺の言霊、ルリアナの重力。どちらも強力だが、リブラルカを倒すまでには届かない。届くとすればアレクシアの聖剣のみ。

「どうしたのかな？　動きが鈍くなってきたよ！」

「この程度で図に乗るなよ」

故に追い込まれれば必ず、最も信頼する手段に頼る。

リブラルカは空間支配を発動。世界は一変して砂漠地帯となり、アレクシアの足元の砂が盛り上がる。そのままアレクシアの脚から胸にかけて絡まり、動きを封じる。

「ぐっ……熱……」

「ただの砂ではないからな。そのまま焼けて死ぬがいい！」

苦しむアレクシア。だけど――

「今だ」

ここしかないと、本能が叫ぶ。リブラルカが空間を入れ替え、アレクシアの動きを止めた。彼は今追い詰められ、アレクシアに集中している。

虚を突くなら絶好の機会。しかし俺たちの攻撃では、リブラルカにとって致命傷にならないだろう。魔王を倒せるのは勇者の聖剣だけだ。アレクシアを救い出し、彼女の剣を当てるために。

「やるぞルリアナ！」

「うむ！」

俺たちにできること。すでに情報は揃っている。残る魔力のほどんどを、今からの一言に込めろ。

「――『この場にあるすべての力よ！　無に還れ！』」

最大出力の言霊。発動後に世界は静寂に包まれる。様々な世界を転々とした俺たちは、最初にいた魔王城へと戻ってきていた。氷も、水も、空も、砂もない。俺たちは最初から、この場所で戦っていた。あるべき姿に戻っただけ。

「なっ――」

驚愕するリブラルカ。思ってもみなかっただろう。自身が最も信じる手法、かの宿敵の力が人間の言葉にかき消されるなんて。

俺の言霊は成長して、世界に直接干渉できるようになった。それはリブラルカが変化させた空間でも例外ではない。氷の世界になった時、俺たちを縛った氷を言霊で破壊できた時点で、その可能性には気づいていた。

後は単に魔力量だ。一時的で良いから、リブラルカの魔力に打ち勝てば、空間を無効化できる。

ただしそれだけじゃ足りないから、この場に作用する全ての力……すなわち重力も一時的に無効化させてもらった。

「ルリアナ！」

「任せるのじゃ！」

リブラルカは状況の整理で一瞬だけ出遅れる。その遅れが命取り。対してルリアナは動揺せず敵だけを見ていた。無効化されたのは一瞬で、すでに効果は解除されている。

彼女は重力操作を発動して、リブラルカの動きを封じる。

そこへ駆け出す勇者アレクシア。対応しようとするリブラルカだが、それよりも速くアレクシアが迫る。

「この速さは――」

「ボクだけの力じゃないよ！」

アレクシアが加速した理由は重力操作。リブラルカの動きを止めた高重力とは別に、ルリアナはアレクシアの身体を一瞬だけ軽くした。蹴り出しの瞬間に軽くしたことで、速度が何倍にも上昇したわけだ。

ついさっきまで、重くするか軽くするかの片方しかできなかった彼女は、土壇場で自身の能力を物にした。リブラルカも重力操作を発動。自らにかかった重力を相殺して迎え撃とうとする。

すでにアレクシアは眼前。ギリギリだが、対応できない距離ではなかった。

「こんなもので我が負けるか！」

「『動くな』」

「っ——貴様ぁ」

「注意が散漫になってるよ。やっぱりお前は偽物だ」

聖剣の輝きが増し、光速の斬撃がリブラルカを斬り伏せる。文字通り瞬きの一瞬。目にも留まらぬ速さで振り抜いた聖剣は、まるで流れ星のように光の線を残す。

「がっ……は……」

胸を斬り裂かれたリブラルカは、傷口から血を噴き出し倒れ込む。

間違いなく致命の一撃だった。加えて聖剣の力がリブラルカの身体に流れ込む。悪魔にとって聖剣は毒に等しい。

「はぁ……勝った……よっ！」

「ああ」

アレクシアが指でブイサインを作る。嬉しそうな笑みは子供みたいに無邪気で、今すぐ抱きしめたくなるほど愛おしい。

「終わったんじゃな……」

「うん。終わったよ」

「父上の仇も……取れたんじゃな」

「ああ」

ルリアナの瞳から涙があふれ出る。やり遂げた達成感と解放感がいっぺんに襲ってきたのだろう。

それでも彼女が立派なのは、泣きながらも前を見据えていたこと。流した涙を拭いながら、彼女と俺はリブラルカの元へ歩く。

「どうじゃ？　これが妾たちの力じゃ」

「……ふっ、人間の力を借りた癖に、よく威張れる……」

リブラルカはまだ生きていた。しかし命も残り僅か。勝敗は決し、敗者は消えるのみ。そんな状況ですら、リブラルカは不敵に笑う。

「所詮……お前たちは個では我に勝てなかった。我こそが魔王だ……」

「そうじゃな、妾たちは一人ではまだ未熟じゃ。でも……じゃからこそ助け合える。手を取り合える。じゃろ？」

「ああ。きっとあの人は、そういう光景を望んでいたんだ」

先代魔王が目指した世界。そこには人間と悪魔に隔たりはない。互いに助け合い、手を取り合って生きていける。そういう世界を彼は夢見た。ちょうど今の、俺たちのように。

「リブラルカ、お前は確かに強いよ。でもやっぱり魔王にはなれない」

「……なぜそう言い切れる」

「お前がやっているのは誰かの真似だ。憧れた誰かの、畏怖した誰かの背中を真似して、その人みたいになろうとしているだけ。お前は魔王じゃない。魔王に憧れたただけの……ただの悪魔だ」

「ふっ……そうだな。その通りだ」

最期になって、彼は清々しく呆れたような笑顔を見せる。

まるでつきものが取れたように。

彼の行いを許すことはないだろうけど、俺たちが色々と悩み葛藤するように、彼もそうだったのかもしれない。だとしたら俺たちは、もっと違う形で出会えていれば……いいや、それはありえなかったのだろう。彼が魔王に憧れる限り、俺たちとはわかり合えない。

リブラルカの身体が消えていく。綺麗な粒子になって、どこかへ飛んでいく。こうして勇者一行の世界を救う旅は、遂に終点を迎えた。

「帰ろう。みんなが待ってる」

「うん！　ちゃんと勝ったよって伝えなきゃね！」

「爺たちも喜ぶのじゃ！」

使命の旅はこれにておしまい。それでもまだ、俺たちは生きている。生き続けていく。この先の未来を誰かと一緒に、あるいは何かを成すために。

どうなっていくのかはわからないけど、きっと幸せで満ちているだろう。俺にはもう、頼もしい仲間たちがいるのだから。

エピローグ．旅の終わり、続く物語

人類と魔王の戦いは終焉を迎えた。人類の、俺たちの勝利で終わったんだ。そのことをみんなにいち早く伝えたくて、俺たちは魔王城から駆け出す。

走りながらアレクシアが耳を澄ませて口にする。

「外は騒がしいままだね」

「まだ戦っているんだよ。戦いが激しすぎて、どっちもリブラルカが倒されたことに気づいていないんじゃないかな？」

「じゃあ早く止めないと！　みんなに戦いは終わったんだって伝えなきゃ！」

「そのためにに走っておるのじゃ！」

ルリアナは小さな身体で俺たちの足に付いてくる。走るのではなく重力を操作して、身体を浮かせて滑空している。

先の戦いでほとんど魔力を使い果たしたのに、僅かな時間で特権が使える程度には回復させたようだ。

さすが先代魔王の娘。いや、次期魔王と言うべきだろう。

「……ルリアナ。ちょっといいか？」

「なんじゃ？」

俺たちは走りながら彼女に提案する。

「みんなを止める方法なんだけど、一つ考えがあるんだ」

魔王城の入り口。

大軍と相対するは人類が誇る戦士たち。数では圧倒的不利な状況だったが、アスランたちは善戦していた。

「っつ、全然減らねぇーな」

「おいおいどうした槍使い！　お前たちがあんまり鈍いんでな。気の毒だから合わせてやってるだけだ！」

「はっ！　動きが鈍くなってるぜ！」

口ではそう言いながら、すでに肉体の限界が近づいていた。

連戦に次ぐ連戦、加えて常に全力の戦闘。いかに人間離れした力を持つ者たちとは言え、肉体には限界がある。

さらに魔力切れも近く、同時に気力もすり減らしていた。

彼らの胸にある希望はただ一つ。前へ進んだ仲間たちが、魔王を倒してくれること。

その瞬間を今か今かと待ちわびながら、一分一秒を生き抜くために全力で戦い続けていた。

悪魔である彼もまた同じ。

「はぁ……ふぅー」

「衰えましたね先生。体力の限界ですか？」

セルスとベルゼド、師弟対決も続いていた。互いの剣をぶつけ合い、策を潰し合い、互角の戦いを続けていた両者だが、先に限界が来たのはセルスだった。

「限界ですか。まだ私は、剣を握れていますよ？　私に限界があるとすれば、この手で剣を握れなくなった時のみ」

「……そういう所も変わりませんね。ですがこれで――!?」

その気配に気づいたのは両者同時だった。どちらも魔王に仕える者同士、刹那の戦いの中ですら、主の変化を感じ取った。

「こ、これは……まさか……」

「ふふっ」

動揺するベルゼドと、安堵して笑うセルス。二人の反応の差こそ、戦いの勝敗をハッキリと表していた。

「そんな、ありえない！　まさか魔王様が」

「ベルゼド」

魔王城を見ながら動揺を激しくするベルゼドに、セルスは優しく語り掛ける。この時にはもう、セルスは剣を鞘に収めていた。

「私たちの戦いはここまでです。部下たちに戦いをやめるように命令しなさい」

「……そんなこと」

「これ以上は無駄な血が流れるだけだ。今は皆、自身の戦いに集中して気づいていないようですが、どちらにしろいずれ気づく。リブラルカが敗れたのだと」

「違う！　魔王様は敗れてなどいない！」

ベルゼドは叫んで切っ先をセルスに向ける。しかし、口ではそう言いながら、主の魔力を感じ取れない事実に身体が動かない。

戦いは終わったのだと、自分たちが敗北したのだと、認めたくなくても現実が身体を締め付ける。だから彼は戦う意思を見せながら、無防備なセルスに斬りかからない。

セルスも彼の心情を感じ取っていた。

「強くなろうとも、やはりまだまだ未熟ですね」

「先生……」

「信じたくない気持ちは理解できなくもありません。ならここは、当人たちの言葉を聞いてもらいましょうか」

「当人……」

セルスは感じ取っていた。主である彼女と、彼女と共に戦った戦士たちの気配を。見上げる先、壊れた魔王城の最上部に、彼らはいた。

「見ていますかサタグレア様、貴方の娘は遂に、貴方と同じ場所までたどり着きましたよ」

魔王城最上階にある一室、そのベランダに向かうと、下で戦っているみんなの姿がよく見える。思った通り、彼らは戦いを続けていた。未だに勝敗が決したことに気づいていない。もしかしたら

気づいている者もいるかもしれないけど、信じたくなくて気づかないフリをしているのかもしれない。

だから気づかせなくてはいけない。勝者として、新たな王として。

「魔王軍に属する者たちよ！　戦いは終結した！」

俺は叫んだ。声を響かせる『拡声』を付与したことで、俺の声は魔王城全域に届いている。もちろん彼らにも。

「この声！　あいつらやったのか！」

「まったく待ちくたびれたよ」

「信じていましたよ」

「……本当にもう、遅いのよ」

彼らが戦いをやめ、武器を下ろすと同時に、魔王軍の軍勢も一斉に戦いをやめた。みんなが等しく同じ方向を見ている。これで視線は集まった。ここからは彼女たちの仕事だ。

俺が一歩下がると、代わりに二人が前に出る。

「皆の者聞くが良い！　妾の名はルリアナ！　先代魔王サタグレアの娘じゃ！」

「先代の御息女？」

「嘘だろ？　まさかリブラルカ様が敗れたのか？」

ざわつく者たちに、ルリアナは大きくハッキリと宣言する。

「妾たちはリブラルカを倒した！　この戦いは妾たちの勝利じゃ！」

「負けた……俺たちが負けたのか」

「そ、そんな……嘘だろ。リブラルカ様の魔力が感じられない」

「じゃあ本当に？」

自身の敗北を思い知らされ、次々に武器を手放していく魔王軍の悪魔たち。完全に戦意を喪失し、腑抜けたように立ち尽くす。

彼らが強気で戦い続けてこられたのは、強者たるリブラルカの存在があったからこそ。彼が敗れたと知った時点で、その支えは消えてしまった。

戦いを好み、争いばかり起こす彼らの心は脆く、不安定だった。だからこそ、彼らを支え導く存在が必要なんだ。今後その役割は、彼女が引き継ぐことになる。

「俺たちは……どうなるんだ？」

「案ずるな！　お前たちのことは妾が導く！　妾と共に生きよ！　今日からは妾が魔王じゃ！」

小さな身体を大きく見せるように、彼女は胸を張ってみんなに告げた。

反論は上がらなかった。リブラルカに勝利した時点で、彼らは認めていた。

魔王となるために最も必要な条件が、誰よりも強くあること。

それを満たしたのなら、異論が出るはずもない。彼らは静かに、確かに、新たな魔王の誕生を見届けた。

激戦から一夜明け、魔王城は少しだけ賑やかになっていた。壊れた城の一部を修理しているから、

金属音や重低音が鳴り響く。

廊下をせわしなく走っていく悪魔たちを見ていると、人間も悪魔も、大して違いはないように思える。そんな風に思えるのはきっと、この旅を続けてきたからなんだと思う。

そして今日——

「私たちの役目も終わりだね」

「ああ」

アレクシアがそう呟いて、俺も頷き同意する。魔王を倒して人類の未来を守るため、俺たちは旅を続けてきた。その目的は果たされ、平和は守られた。

「そろそろ王都に戻らなきゃね。姫様も待ってると思うし」

「そうだな……うん」

「エイト君？」

「……いや、なんでもないよ」

彼女の言う通りだ。俺たちの役目は終わったのだから、いつまでも魔王城にいるのも不自然だろう。そうして、お別れの日はやってくる。

俺たち勇者パーティーの面々と、新魔王軍の面々が向かい合う。ルリアナの隣にはセルスさんが立っていて、その横にはベルゼドの姿もあった。

リブラルカが負けたことで憔悴し、自害しようとした彼を、師であるセルスさんが引き留めたらしい。

一時的に敵対したとは言え、師弟としての絆は続いていたようだ。

彼らの後ろにはインディクスの姿もあった。彼の技術力があれば、悪魔たちが不便に困ることはないだろう。

頼もしい面々が揃っている。俺たちとしても不安はなく、任せていけると思っていた。

「戻ってしまうんじゃな」

「ルリアナ……」

だけど、彼女の寂しそうな顔を見ていると、胸の奥がうずくように感じてしまう。

このまま去ってしまっていいのかと、改めて俺は、自分の心に問いかける。今日までのことを振り返りながら、自分の役割を確かめる。

そうして出た結論を、俺は仲間たちに告げる。

「すみません。俺やっぱり、しばらくここに残りたいです」

「エイト君？」

「ごめんアレクシア。色々考えたんだけどさ。俺、ルリアナの手伝いがしたいんだ」

胸の内に引っかかっていた心残り。まだ俺には、やらなきゃいけないことがあるような気がしていた。

いや、やらなきゃじゃないな……やりたいことだ。

「俺は人間だけど、俺の中には先々代の魔王の力があって、その思いを知っている。彼が望んでいたのは、人間と悪魔たちの共存だった。互いに手を取り合い、助け合っていける未来を望んでいたんだ」

俺も、そんな未来が来れば良いと思った。

それに、俺が今日まで戦い抜けたのは、サタグレアから受け継いだ力があったからこそだ。彼がいなければ、きっと俺はここにいない。

その恩返しもしたいと思う気持ちが、俺の中にはあった。俺は本心を、そのまま仲間たちに話した。我ながら我儘だと思う。でも――

「ったく、そんなことだろうと思ったぜ」

「エイト君なら言い出しそうだよね」

「そこが彼の優しさでしょう」

みんなの反応は拍子抜けするほどあっさりとしていた。アスランさんも、ユーレアスさんも、フレミアさんも、なんだかみんな俺がそう言い出すのを待っていたように見える。

もちろん、アレクシアとレナも。

「エイト君が残るならボクたちも残るよ！」

「それがエイトのやりたいことなら、私たちも協力するわ」

「みんな……」

悩む必要なんてなかった。共に旅をする中で絆を深め合い、信じ合える仲間となったから。俺が考えていることくらい、みんなにはお見通しだったみたいだ。

見透かされたことの恥ずかしさはなく、ただただ嬉しくて、誇らしい。

「ありがとう」

旅は終わっても、俺たちの物語は終わらない。明日も、明後日も、何十年先だって続いていく。

穏やかな平和を守るため、幸せを築くために。

あとがき

皆さん初めまして、日之影ソラと申します。一巻から引き続き読んでいただいている方にとっては二度目まして？

まずは最後まで読んでいただきありがとうございます。最終局面に差し掛かったエイトたちの旅、激動のような日々を送る彼らの活躍を楽しんでいただけたでしょうか？

今回は敵キャラクターにも思い入れがあって、書いているこちらとしても凄く楽しく執筆できていたと思います。

少しでも面白い、続きが気になると思っていただけたなら嬉しいです。

そしてなんと、この度は本作のコミカライズ企画が進行しております。ノベル形式ではなく漫画だからこそ伝わる面白さ、新しさがあると思いますので、連載が開始されましたらぜひとも読んでみてください。


私事ですが、最近になって引っ越しをしました。これで人生四回目の引っ越しになるわけですが、何度やっても大変なことは変わりませんね。

特に今回に至ってはあまり良い理由ではなかったこともあって、色々な意味でストレスが溜まる日々でした。

これから作家になる方々や、すでに作家として活動している方々。その他の方も含めて言えるのは、仕事をする環境というのはかなり大事だということです。

仕事に集中できずストレスが溜まるようでは、良いものは書けないと個人的に思っています。そういう意味で、暮らす環境は大事なのかなと。

もちろんお金もかかるし、時間も労力も必要になってしまいますが、今の環境に納得していないのであれば、引っ越しも視野に入れてみるのがいいかもしれません。

と、ここまでほとんど独り言でした。

この先まだまだ長いですし、色々なことが起こると思いますが、来年も再来年も作家として活動できるよう頑張っていきたいですね。

最後に、一巻から引き続き素敵なイラストを描いていただいたダイエクスト先生を始め、書籍化作業に根気強く取り組んでくださった編集部のIさん、WEB版から本作を読んでいただいている読者の方々など。本作に関わってくださった全ての方々に、今一度最上の感謝を。

では、また機会がございましたら、三巻でお会いできると嬉しいです。

BKブックス

この宮廷付与術師、規格外につき

～人類唯一のスキル「言霊使い」で、俺は世界に命令する～2

2021年11月20日　初版第一刷発行

著　者　日之影（ひのかげ）ソラ

イラストレーター　ダイエクスト

発行人　今 晴美

発行所　株式会社ぶんか社
〒102-8405　東京都千代田区一番町29-6
TEL 03-3222-5150（編集部）
TEL 03-3222-5115（出版営業部）
www.bunkasha.co.jp

装　丁　AFTERGLOW

編　集　株式会社 パルプライド

印刷所　大日本印刷株式会社

ISBN978-4-8211-4610-9

Printed in Japan